金と銀の婚礼

～臆病な聖女と初恋の王子様～

登場人物紹介

オーランド
王国の王太子。
未来の国王として妃候補の令嬢を
三人抱えている。
アナスタシアを王妃とすべく
奔走している。
アナスタシア
ブラッドレイ侯爵家の養女。
幼い頃からオーランドに憧れ、
妃候補のひとりとして
努力を重ねてきたが、
やはり自分の容姿は王子殿下には
相応しくないと、
修道女になる決意を固めた。

グラント公爵
臣籍降下して公爵位を
得た王弟。
神祇官を務めている。
エリオット
アナスタシアの義理の兄。
オーランドの側近。
レナード
礼拝堂の司祭。
アナスタシアに教会入りを
勧めている。
クラリス
ティリー侯爵家の令嬢。
オーランドの妃候補のひとり。

第一章　ささやかな願い

家族の晩餐の席で、ふと父が静かに口を開いた。

「オーランド殿下に嫁ぐのは諦めたほうが、お前のためかもしれないな」

アナスタシアの手からシルバーのフォークがかしゃんと音を立てて皿に落ち、跳ねたソースが真っ白なクロスにぽたりと一つ染みを作った。

清潔な布地をじわりと汚すそれを目にして、アナスタシアはかすかな息苦しさを覚える。

顔を上げずとも、長テーブルに着いた全員の注目が自分に向いていると分かった。無作法を小さく謝罪したあとで、兄から母、そして父へと順に視線を移す。

「……そう、ですね」

幼少の頃より秘めている想いを覆い隠して、返事はすんなりと口にできた。これに微笑みでも加えれば、兄の心配そうな表情も明るくなるのだろうか。

これまでアナスタシアは、未来の王妃となるために数々の努力を重ねてきた。憧れの人に少しでも近づきたくて。しかし、どれほどの作法や教養を身につけても、拭いきれない後ろ向きな気持ちがずっとあった。

不出来な自分が輝ける王家の一員になるなんて恐れ多い。

オーランドは、いつか国民の期待と責任を背負って頂点に立つ人だ。その隣に寄り添うのは、彼を支えられるだけの器量を備えた女性でなければならない。たとえば、ティリー侯爵家のクラリス嬢のように。

自信ももてぬまま妃の座を求めれば、アナスタシアはいずれきっと重圧に押し潰されてしまうだろう。

この提案は父の優しさなのだ。だから、これでいい。

「分かった。陛下にも伝えておこう」

「はい。お願いします、お父様……」

深い深い胸の奥底へと恋心を閉じこめるように、アナスタシアはゆっくりと首肯《しゅこう》した。


王宮でちょっとした騒ぎがあったのはつい先日のことだ。近年急激に力をつけてきた伯爵家が、実は不正な薬品の売買によって私腹を肥やしていたことが発覚したのである。

その薬品は爆薬の材料にもなる危険な代物で、事態を重く見た王家は厳しい処罰を下した。この一件により、伯爵家は爵位を剥奪《はくだつ》されたと聞く。

歴史ある貴族の一門が取り潰しにあったというこの知らせは、瞬く間に社交界を駆け巡った。多くの者は対岸の火事とばかりに好奇心でもって口々に話題に挙げ、伯爵家と懇意にしていた者は我関せずと主張するように大袈裟にはやしたてた。

しかし、それも落ち着いてくると、人々の関心は別のところへ向けられた。すなわち、この国の王太子たるオーランド様の妃の座は、残る二人のうちどちらの令嬢が射止めるのだろう、と。

「……」

王宮の片隅にある礼拝堂で一人祈りを捧げていたアナスタシアは、集中力が散漫になっていることを自覚し、組んでいた両手を早々にほどいた。顔を上げると、正面中央のステンドグラスから色とりどりの光が落ちてくる。心を浄化するような輝きに包まれ、アナスタシアは自身の目元にそっと指を押し当てた。

これまで、オーランド殿下の妃候補は三人いた。筆頭はティィリー侯爵家のクラリス嬢、次いでブラッドレイ侯爵家のアナスタシア、そして三人目は件《くだん》の伯爵家の令嬢だ。しかし今回の騒動により、状況はクラリス嬢とアナスタシアの一騎打ちとなった。

家格は五分五分だ。爵位は同等で、こちらは宰相、あちらは軍務卿と、当主の肩書きも申し分ない。だが、実際はクラリス嬢のほうが優勢なのだろうとアナスタシアは思っていた。

ティィリー侯爵家は軍人の家系で、クラリス嬢も女ながら騎士の位に就いている。家柄に恥じぬ優れた技量を備え、立ち居振る舞いも堂々とした器の大きい女性だ。

対する自分はどうだろう。礼儀作法は完璧なつもりでも、どこかにじみ出る自信のなさ、頼りなさ。それはおそらく、外見についてアナスタシアが抱えている劣等感のせいだ。養子であることも好意的には受け取られまい。クラリス嬢を差し置いて自分が選ばれるなどありえないことだった。

己の負けを確信しながら周囲の注目を浴びる苦痛は、徐々にアナスタシアを疲弊させた。だから父はあのような提案をしたのだ。

アナスタシアが床に視線を落とすと、太陽に雲でもかかったのか、降り注ぐ光がふっと陰った。礼拝堂の中は薄暗く沈みこみ、冷たい静寂に満たされる。途端に意識は過去の出来事へと引き寄せられていった。

十二年前、ブラッドレイ侯爵家に引き取られたばかりの自分を、ここに初めて連れてきてくれたのもオーランドだった。

『ほら、シア。前を見て。綺麗だろう？』

長く伸びたシルバーブロンドの前髪をアナスタシアの耳にかけ、彼は微笑んだ。今よりもずっと低い背丈。その向こう側には、鮮やかな色彩のステンドグラスがまばゆく輝いていた。七色の光を背負った彼もまたとても美しく、まるで天使様のようだと幼心に思ったものだ。

『この国にはたくさん綺麗なものがあるんだ。こんなに前髪を伸ばしていたんじゃもったいないよ』

『でも、私、目の色を見られたくないの。不気味な血の色なんだもの』

『どうして？　深い色のルビーみたいで、僕は好きだよ』

女性たちがこぞって身につける宝石にたとえられ、アナスタシアは嬉しくてみっともなくわんわん泣いたのを覚えている。

実母でさえ忌まわしいと言ったこの瞳を、好きだと言ってくれる人がいる。そのことがどれだけアナスタシアを救ったか、オーランドには分かるまい。

それからアナスタシアは前髪を短くした。もちろん実母のように奇異なものを見る目を向ける人はいるけれど、すべての人がそうではない。だから恐れをいだきつつも、前を向きたいと思った。

王宮で迷子になっていたときに出会ったその少年が王太子だと知ったのは、そのしばらくあとだった。アナスタシアはその日もブラッドレイ侯爵夫人――母に連れられて王宮を訪れていた。

貴族の子息が剣術の指導を受ける訓練場に顔を出すと、兄の隣にはあの日の少年、オーランドがいた。

『また会ったね、シア』

出会ってすぐにつけてくれた愛称で呼ばれた瞬間、アナスタシアの胸がきゅうと音を立てた。短くなった前髪に気づいた彼が目を細める。麗しい微笑み。穏やかなブルーの瞳に見つめられると、急に恥ずかしい気持ちが込み上げた。自分の赤い瞳を彼が見ている。

『やっぱり、前髪は切って正解だね。ルビーの瞳も綺麗だけど、顔も可愛くてお人形さんみたいだ』

腰をかがめて顔をのぞきこまれ、頬が熱くなった。どう応じたらいいのか分からず、つないだ母の手をきゅっと握る。柔らかな笑みを漏らした母が、この方は王子様なのよ、と教えてくれた。

オーランドの蜂蜜色の髪が太陽の光でキラキラしている。繊細な輝きにうっとりと見惚れたアナスタシアは、やはりこの方は特別な人なのだと憧憬《しょうけい》にも似た気持ちをいだいた。

幼い憧れがやがて恋心へと変化していったのは、ある意味自然な流れだったのかもしれない。

けれども実のところ、アナスタシアがオーランドと直接言葉を交わす機会は、それほど多くなかった。兄のエリオットは歳も身分も近い同性の友人ということで行動をともにすることも頻繁にあったようだが、アナスタシアは王宮などで偶然出会わない限り、顔を見ることさえかなわなかった。

だから、よくエリオットにオーランドの話をねだった。あまりにも彼の様子を聞きたがるので、アナスタシアの中に芽生えはじめていた初恋など筒抜けだったに違いない。妹を殿下に嫁がせては、と父に進言したのも兄だった。

娘を政治に利用するつもりのなかった父は、少し驚きながらも「殿下の妃になりたいか」と問うた。アナスタシアは一も二もなく頷いた。

まだ幼かったこの頃は、オーランドへの思慕だけがすべてだった。王家と縁付けば父の役にも立てるはず、くらいの短絡的な思考はあったかもしれない。けれど、一国の王妃に求められる能力や、乗り越えるべき試練などにまではまったく考えが及んでいなかった。

アナスタシアは徐々に大人に近づく過程で、それらを否応なく思い知らされることになる。

それでも、王宮や夜会でオーランドの優美な姿を目にし、時に温かい言葉をかけられるだけで焦がれる想いは増し、いつかお傍に侍《はべ》ることを許されたらと夢見る気持ちは募っていった。

礼拝堂の扉を押し開くと、爽やかな日差しが室内に射しこみ、アナスタシアはわずかに目を細めた。手には司祭から託された書類がある。グラント公爵へ届けるようにと言付かったものだった。

基礎教育を修了した貴族の令嬢は行儀見習いとして王宮や教会に出仕《しゅっし》するのが通例で、アナスタシアは現在、修道女見習いとして王宮の敷地内の礼拝堂に奉仕していた。

朝の澄んだ冷気の中、王宮へと続く小道に足を向ける。隙間なく敷き詰められた石畳の先には白《はく》亜《あ》の王宮がそびえていた。礼拝堂からは目と鼻の先の距離だ。

この近さは、王家と教会の歴史的な結びつきを象徴していると言っていい。神話によると、始まりの王は女神にとこしえの繁栄を約束されてこの地に国をおこしたという。それゆえに女神に対する信仰心が民にまで広く根付いていて、国中に聖堂や礼拝堂があった。

王家も女神と教会には敬意を払っており、国の重要な式典や取り決めは必ず教会の意向を汲んで行われる。加えて、王家と教会の間を取り持つために神祇官《じんぎかん》という役職が設けられており、その位に就くのは決まって王族関係者だった。現在、その役割はグラント公爵——臣籍降下して爵位を得た王弟が担《にな》っている。

教会の出先機関とも言える王宮の礼拝堂と神祇官《じんぎかん》とのやりとりは頻繁で、アナスタシアも王弟のもとへのおつかいは慣れたものだ。とはいえ、そんな国の重要人物にただの修道女見習いがおいそれとお目にかかれるわけもないので、届け物は王弟の従者に預ければいいことになっていた。

早々に用事を済ませたアナスタシアは、礼拝堂に戻る道中、王宮の棟と棟とを結ぶ渡り廊下に差しかかったところでふと外の風景に目を向けた。三階の高さにあるこの渡り廊下からは、王宮の庭園を一望できる。今を盛りに咲き誇っているのは薔薇だ。王家の青と同じ色の花弁が風に吹かれて揺れている。

秋が来ていた。基礎教育を修了してから一年の時が経っていた。それはアナスタシアが自信を失うきっかけとなった出来事からも、等しく時間が過ぎ去ったことを意味する。

本当に諦めてしまっていいのか。

その問いを何度も頭の中で繰り返していた。

昨夜、父の提案を了承したアナスタシアが部屋に戻ろうとしたとき、エリオットに引き止められた。真剣な顔をした兄は、本当にいいのか、と妹を問いただした。

アナスタシアは頷くことができなかった。ずっと初恋を見守ってくれていた兄に、偽りの言葉を口にすることはできないと思ったのだ。その内心はエリオットにも伝わっていたのだろう。

『もっとよく考えてから決断しろ。父上にはもう少し時間をくれるように俺から言っておくから』

アナスタシアはただ分かったとだけ答えた。確かに自分には心を固めるための時間が必要だった。

こうして王宮内を歩いていると、オーランドと過ごした決して多くはない時間の積み重ねが不意に胸によみがえってくる。

王宮に用事があるたびに、彼の姿が見えやしないかとそわそわした。会えると嬉しくて、褒めてもらえると誇らしくて、日々の勉強や手習いの時間すらきらめくように過ぎていった。

思い出すとまた涙腺が緩んでしまいそうになる。切なく胸を刺す痛みをこらえ、手を握りこんだとき、誰かが渡り廊下に入ってきたことに気づいた。足音が背後で立ち止まる。

「アナスタシア……？」

恋しく思うあまり、幻聴でも聞いたのかと思った。

アナスタシアはか細い声を漏らし、一歩あとずさる。振り返った先に立っていたのは、まさに胸に思い描いていたその人だった。

「オーランド様……」

麗しの王太子殿下。陽の光の下では、彼の類《たぐい》まれな容姿がますます際立った。金の髪は光を帯びて、青の瞳は鮮やかに深みを増す。体つきはもう完全に大人の男性のそれだ。細身ながらに引き締まっているのが、服の上からでも見て取れる。

アナスタシアの憧れの人はいまや、優れた人柄と能力で臣民《しんみん》の尊敬を一身に集める我が国の誇りだった。

そんな彼は、アナスタシアが引いた足元にちらと目をやり、柔和《にゅうわ》な相貌《そうぼう》に少し困ったような微笑みを浮かべた。

「奇遇だね。また司祭のおつかい？」

「王弟殿下に、書類をお届けしてきたところです……」

なんとか返事はしたものの、声は強ばってぎこちないものになった。

いつもはどんなに願っても会えないのに、こんなときにばかり顔を合わせてしまうのはどういうわけだろう。

彼の目を真っ直ぐ見ることができなくて、アナスタシアは両手を胸に当てたまま俯いた。

そう、と軽い相づちの声が耳に届く。オーランドの態度はいたって平常どおりだ。

「豊穣祭《ほうじょうさい》が終わったばかりなのに、礼拝堂での出仕《しゅっし》も忙《せわ》しないものだね」

「……暇、とまでは言いませんけれど、豊穣祭《ほうじょうさい》の前に比べたら、今はずいぶんゆっくりしています」

「なら、僕と少し立ち話をしていても怒られない？」

いたずらっぽく茶化すような聞き方に、アナスタシアは意外な思いで顔を上げる。

平常どおり、というわけでもないかもしれない。

慎重に距離を測るような口調は、こちらの出方を窺《うかが》っている印象だ。

その顔をしばし眺めて、それが自分のよそよそしい態度のせいだと気づき、アナスタシアは己を叱りたくなった。いくら婚約のことで悩んでいるからといって、彼にまで心配をかけるのは違うだろうに。

できるだけ自然な声音《こわね》を意識して、大丈夫だと答えると、オーランドのまとう空気がふわりと緩んだ。

「庭園を見ていたの？」

「はい。その、薔薇が綺麗で」

横に並んだオーランドの視線が眼下に広がる庭園に注がれる。

「本当だ。そういえば昨年も豊穣祭《ほうじょうさい》の頃に咲いていたね」

言われて、およそ一年前にもここでオーランドと会話したことを思い出す。

豊穣祭《ほうじょうさい》というのは秋頃、ちょうど今くらいの季節に王家と教会が共同で行う祭りのことだ。豊かな実りに感謝し、たった一人選ばれた十六歳の乙女が国民を代表してその年の作物を女神に捧げる。

「……今年の豊穣祭《ほうじょうさい》は、いかがでしたか？」

王都の大聖堂で執行される儀式に参加するのは、基本的に国の重鎮と高位の聖職者だけだ。市民に交じって儀式を観覧することもできるが、多くの貴族は伝統的な慣習にのっとり、自邸の晩餐で家族と静かに祈りを捧げる。先日の祭りの日にはアナスタシアもそれにならったので、今年の儀式がどんな様子だったのかは知らない。

「つつがなく終わったよ、例年どおりに。総主教様は……少し、不満そうだったけれど」

「例年どおりなら、よかったのでは？」

なにか問題でもあったのかとアナスタシアが瞳をまたたくと、オーランドは意味深な含み笑いを漏らした。

「昨年の聖女が素晴らしすぎたせいだろうね。もの足りなかったんじゃないかな？　僕も、神の寵《ちょう》愛《あい》をその身に受けるがごとし、と言われる銀の聖女をもう一度見たい」

後半は、少しひそめた声が甘く響いた。同時に向けられたのは、屈託《くったく》のない柔らかな笑みだ。完全に油断していたアナスタシアは、じわりと頬に熱を上らせる。

銀の聖女というのは、一部の民がアナスタシアを称《たた》えて言う呼称だった。そんな呼び名がついた原因は、およそ一年前の豊穣祭《ほうじょうさい》にある。

昨年の豊穣祭《ほうじょうさい》で、国民を代表する乙女——聖女とも呼ばれるその役割をおおせつかったのはアナスタシアだった。盛大な儀式は広く公開され、多くの信者の目にも触れた。

あまりにも特異な、色素の薄い見目。びっしりと金銀の刺繍が縫いこまれた純白の衣装に、その赤い瞳はことのほか映えた。目にした人々はまさに聖女の名にふさわしい神々しさであったと声をそろえ、平素のアナスタシアの敬虔《けいけん》な態度もあって、「銀の聖女」という呼び名が定着してしまったのだ。

王宮内の渡り廊下で偶然オーランドと出会ったのは、そんな豊穣祭《ほうじょうさい》の直後だった。立派に聖女として務め上げたアナスタシアを、オーランドは手放しで褒めちぎった。

豊穣祭《ほうじょうさい》の主役である聖女の仕事は、最も大事な供物《くもつ》のワインを祭壇に運び、祈りの言葉をもって女神に奉納することだ。

『衣装こそ素晴らしいですけど、祈りの言葉さえ暗記してしまえば、聖女の役割はそれほど難しいものではないのですよ』

そうアナスタシアが返すと、オーランドは訳知り顔で笑った。

『簡単な動きだからこそ、素の動作の美しさが如実《にょじつ》に出るんだよ。アナスタシアは歩くだけでも人の目を引きつける。貴族は洗練された物腰を身につけるためにある程度訓練を受けるものだけど、君が並大抵でない努力をしたことはひと目で分かるよ』

地道に積み重ねてきた努力を思いがけず褒められ、アナスタシアの胸は歓喜に震えたものだ。彼の熱のこもった賞賛には、自分への好意も少なからず感じられ、間近に迫った宮廷舞踏会に期待を募らせずにはいられなかった。

貴族同士の婚約は一般的に、互いが社交界にデビューしてから結ばれる。アナスタシアがデビューしたら、もしかするとオーランドから求婚してもらえるのではないか。そんな夢を見てしまったのだ。

けれど、一年経った今でも、二人の関係にはなんの変化もない。

彼は折に触れて思わせぶりな言葉を囁くけれど、それは単なる戯《たわむ》れなのだ。こちらから距離を縮めようとすれば絶妙にかわされてしまうし、関係を進める明確な一線は頑《かたく》なに越えようとしない。

もしかしたらオーランドも、異質すぎる色彩は妃にふさわしくないと考えているのかもしれない。

アナスタシアは次第にそう思うようになっていた。

一部の民にこそ肯定的に受け止められているものの、血のように赤い瞳が連想させるのは穢《けが》れだ。伝統と歴史を重んじる貴族ほど、アナスタシアの容姿に眉をひそめる。

個人的にはこの色を好いてくれていても、王太子としての判断は別ということなのだろう。その態度は王族としてはまっとうなものに思えた。だが一方で、彼のそんな振る舞いがアナスタシアをじわじわと追い詰めていったのも事実だった。

胸をときめかせたところで肩透かしを食らうだけだと分かっている。それでも甘い言葉をかけられれば、自分は何度でも胸を高鳴らせてしまう。それが悔しくて、悲しい。

この一年の出来事をつい思い出してしまい、表情が歪むのを自覚したアナスタシアは、不自然でない程度に手の甲を口元に押し当てて、それを隠そうとした。

すると、吐息交じりの声で「困ったな……」という小さな呟きが聞こえてくる。どういう意味かと顔を上げると、本当に弱った様子の青い瞳と出会った。

「ごめん、戸惑わせるつもりはなかったんだけど。お願いだから、僕以外の男の前でそんな可愛い顔はしないで」

どうやら自分の顔は、恥ずかしさのあまり拗《す》ねているようにでも見えたらしい。追い打ちのように頬の熱を高められ、アナスタシアはどうしていいか分からなくなる。

そもそもこんな簡単に赤くなってしまうのはオーランドのせいだ。だからそんな心配はいらない。

よほど口に出して言ってしまいたかったが、なんとかこらえた。

身を引くつもりでいる自分に、こんな駆け引きじみたやりとりはもう必要ない。こんなふうに気持ちを動かされたところで、もはや意味はないのだ……

じわり、と目尻ににじみそうになった涙を慌てて呑みこむ。しかしオーランドは表情を消して黙りこんでしまい、アナスタシアは潤んだ瞳に気づかれてしまったことを悟った。

彼はしばしの沈黙のあと、躊躇《ためら》いがちに口を開いた。

「このところずっと、伯爵家の件の後始末に追われていたけれど、もうすぐ一段落つきそうなんだ」

「……？」

なんの話かと不思議に思いながら相づちを打つと、彼の瞳に真剣な光が宿る。

「話したいことがあるんだ。次の夜会で、君の時間を少しだけ僕に分けてほしい」

それは今までの戯《たわむ》れるような口調とはまったく違っていて、アナスタシアを戸惑わせた。

次にオーランドと夜会で顔を合わせるのは、おそらく彼の誕生日の夜になるだろう。

おそるおそる首を縦に振ると、オーランドはぱっと安堵《あんど》の表情を浮かべる。そしてこの上なく嬉しそうに「ありがとう」と破顔《はがん》した。

もしその話が、婚約に関することだったら。

妃候補の辞退を決めるのは、早計かもしれない？

私はまだ、望みを捨てなくてもいい？

決断しようとしていたはずなのに、いまだ未練を捨てきれない恋心がわずかな希望にすがりつこうとする。

また夜会で、と手を振った彼はそのまま立ち去ってしまう。その背中が渡り廊下を出ていって見えなくなっても、アナスタシアはそこから動くことができなかった。

どきどきと心臓が高鳴っているのが分かる。目元が熱く潤んでいて、おそらく自分は今とても人前に出られないような顔をしているだろう。しばらく風に当たって、熱を冷ましてから戻ったほうがいいかもしれない。

柱に手をかけて再び景色を眺め、ようやく気分が落ち着いてきた頃のことだった。アナスタシアは、自分の立っている渡り廊下のすぐ下から女性が庭に出てきたのに気がついた。

それを何気なく見ていると、彼女を追いかけるようにもう一人、遅れてやってくる男性がいる。

彼らが向かっていったのは、アナスタシアのいる場所からはかろうじて見えるけれど、周囲からは植木の陰《かげ》に入って死角になる場所だった。

普段のアナスタシアなら、誰かの密会をのぞき見するなんてはしたないことは絶対にしない。けれど、このときばかりは目を離せなかった。二つの人影の片方が、今しがた別れたばかりのオーランドだったからだ。

迷いのない足取りで移動した二人は、きっと事前に示し合わせて来たのだろう。偶然行き合っただけの自分とは違う。声こそ遠くて聞こえないが、挨拶を交わす彼らはとても親しげに見えた。

人目の少ない場所で落ち合う男女。ごく自然に彼らの関係を推測してしまい、ぎゅっと胸が締めつけられる。

長い黒髪が印象的なその女性をアナスタシアはもちろん知っていた。彼女はクラリス嬢。今最も王太子妃の座に近いと目されている人物だ。

期待したところで落胆するだけだと、分かっていたのに……

今まで何度も経験してきた胸の痛みに、アナスタシアは呼吸を震わせる。心に残る最後の望みが打ち砕かれた――頭の妙に冷めた部分で他人事のようにそう感じた。

ばたんと扉を閉め、余裕のない足取りで戻ったアナスタシアを、司祭は驚いた表情で迎えた。

「おかえりなさい。遅かったのですね」

周りも見ず無心に歩いてきたアナスタシアは、声をかけられてようやく自分が礼拝堂に帰り着いていたことに気がついた。

昇りはじめた太陽の光がステンドグラスの窓からさんさんと射しこみ、座席や床の上に淡い色彩の幾何学《きかがく》模様を描き出している。色鮮やかな礼拝室の中央には柔和《にゅうわ》な微笑を浮かべた金髪の美青年が立っていた。若くして王宮の礼拝堂を任されている司祭のレナードだ。

アッシュモーブの瞳と目が合って、アナスタシアははっと頭を下げる。

「も、申し訳ありません……庭園の景色に見惚れておりましたら、遅くなってしまいました」

レナードはかまいませんよと頭を上げさせてから、王宮の風景を思い返すように窓に目をやった。

「今は王家の薔薇がちょうど見頃ですしね」

王家という言葉が出た瞬間、アナスタシアは分かりやすく身を強ばらせてしまう。そしてすぐに後悔した。レナードが苦笑して気遣わしげに表情を和らげる。

「あなたがそんなふうに感情をあらわにするのはめずらしいですね。オーランド様となにかありましたか？」

彼の名前を的確に言い当てられてしまい、アナスタシアはきゅっと唇を引き結んだ。

なにかあった、というほどのこともない。望みがないとなかば諦めていた恋の相手が別の女性と密会しているのを偶然目撃してしまっただけ。けれど、心を決めきれずにいたアナスタシアが答えを出すには十分な後押しだった。

「……オーランド様の妃になるのは、諦めようと思います」

言葉少なに告げると、レナードがかすかに目を丸くした。ほんのひととき落ちた沈黙に、アナスタシアはいたたまれなさを覚える。

ふっと控えめな吐息のあとに司祭は口を開いた。だが、続いた声音《こわね》は思いのほか明るいものだった。

「……さようでしたか。なら、修道女になるというのはいかがでしょう？」

「――え？」

突然の提案に固まるアナスタシアをレナードはにこやかに見つめる。

「一つの選択肢としてお考えいただけたら嬉しいです。毎日のおつとめも真面目にこなされて、このまま教会にとどまってもらえたらと以前から思っていたのですよ。それに、オーランド様とのお話がなくなれば、すぐに別の縁談が舞いこんでくるでしょう？」

「あ……」

まだそこまで考えが及んでいなかったアナスタシアは、思わず口元を押さえた。

宰相家と結びつきをもちたい貴族は多いはずだ。妃候補から降りることが公になれば、複数の家から縁談を申しこまれることは間違いない。オーランド以外の男性に嫁ぐ日が、そう遠くない未来にやってくるのだ。

己の行く先を想像し、アナスタシアはぎゅっと手を握る。

――修道女になれば。

レナードの提案は、アナスタシアにとって決して悪いものではなかった。

見習いではなく正式な修道女となるには、神に身を捧げることを誓い、生涯独身を貫かなければならない。それは逆を言えば、ずっと結婚せずにオーランドを想いつづけていられるということだ。

もう成就することのない恋だとは分かっている。それでもせめて、ただ密やかに恋い慕《した》うことを許されたなら。そう願わずにはいられない。けれど。

「私の一存で、決められるものではありません。……私は、侯爵家の娘ですから」

結婚は貴族の義務だ。もちこまれた縁談をどうするかは家長である父が判断する。優しいブラッドレイ侯爵ならおそらくは本人の希望を尊重してくれるだろうが、だからこそアナスタシアは結婚が侯爵家のために少しでも役に立つなら、その期待に応えたかった。

アナスタシアは養子だ。生まれは、ブラッドレイ侯爵家よりもいくらか家格の低い貴族の家。自分を温かく迎え入れてくれた侯爵家の人々には並々ならぬ恩がある。それを少しでも返すことができるなら、望まぬ縁談も受け入れるくらいの覚悟はあった。

「分かっていますよ」

内心の悲愴感が頑《かたく》なな声音《こわね》に表れてしまっていたのかもしれない。レナードは少し困ったような顔で苦笑しつつ頷いた。

「これは単なる教会の希望です。とはいえ貴族の子女でも例がないわけではありませんから。もし、ブラッドレイ侯爵にお許しいただけるのなら、そういう道も考えていただけませんか？」

明るい光の中で美しい司祭が首を傾げ、わずかな希望をアナスタシアに託そうとする。

貴族としてなすべきことを考えれば、そんな未来は決して許されてはいけないと思う。

それでも、今だけは――夢を見ても、いいだろうか。

アナスタシアは細い首をわずかに動かし、小さく首肯《しゅこう》した。

第二章　教会からの打診

ブラッドレイ侯爵家に引き取られたとき、アナスタシアは五歳だった。

生家《せいか》のことはあまり多く覚えていない。五歳といえば十分物心もついている年頃であるのに、具体的な情景を伴う記憶は驚くほど少ない。そこにはただ恐怖と怯えと悲しみの感情が横たわっているだけだった。

それでも鮮明に胸に焼き付いている場面がある。

生家《せいか》でのアナスタシアは、一緒に遊べる兄弟も友もおらず、一人遊びに慣れていた。絵を描いたり、人形遊びをしたり、庭の草花を眺めたり。特に好きなのは本を読むことだった。

その日、アナスタシアはお気に入りの絵本が見当たらないことに気がつき、自室の掃除を担当するメイドの姿を捜していた。

廊下の先にある半開きの扉から聞き覚えのある声が漏れ出していた。鼻の頭につくくらい伸びた前髪が視界を極端に狭めていたせいで、アナスタシアはそこが誰の部屋かきちんと認識できていなかった。

部屋に入ると、捜していたメイドは使用人仲間とともにテーブルを囲んでなにかの作業をしているようだった。広げられているのはキラキラとした宝飾品だ。

名を呼ぶとメイドは振り返り、手の中にあるものがきらりと光った。

アイスブルーの宝石がついた豪奢《ごうしゃ》な髪飾り。きらめくチェーンが幾重《いくえ》にも垂れさがった上に、薄い水色の石が載っている。それは美しく透き通って、澄んだ氷のようだった。

「きれい……」

輝きに目を奪われたアナスタシアは思わず手を伸ばす。メイドは困ったように眉を下げ、髪飾りをもった手を胸元に引き寄せた。

「いけません、これは奥様の大切な――」

たしなめるような言葉が最後までたどりつかぬうちに、ぱんっという乾いた音が響き渡った。頬に熱い衝撃が走り、強烈な勢いに小さな体が尻もちをついた。

見上げると、恐ろしい形相をした母のシャロンが手を振り切ったままの体勢で見下ろしていた。

途端にアナスタシアの身体は硬く強ばる。

「私の部屋でなにをしているの。これはあなたが触れていいものではないわ」

鋭い叱責《しっせき》は母の苛立ちを如実《にょじつ》に表していた。

失敗してしまった。謝らなければ。

反射的にそう思ったが、すくんだ身体では喉すら動かすことがかなわない。勝手に流れ落ちてくる涙がぼたぼたと頬を伝い、ただ震えていることしかできなかった。

アナスタシアの乱れた前髪に気づき、シャロンは眉をひそめる。

「きちんと前髪を下ろしておきなさいと言ったでしょう。穢《けが》れたその瞳を私に見せないで！」

冷たい言葉で突き放したあと彼女はふんと顔を背けた。

母に手を上げられたことはあとにも先にもその一度だけだ。けれどそれはなんの慰《なぐさ》めにもならない。鋭い言葉や険《けん》のある表情と態度で、心は常にぼろぼろに傷つけられていたから。

父はそんなアナスタシアを悲しげに見ているだけだった。最初の頃はかばってくれていたけれど、そうするとますます母の苛立ちが増し、仕打ちがひどくなるので、温和な彼には手出しができなかったのだろう。

シャロンの姉であるブラッドレイ侯爵夫人とその子息が屋敷を訪ねてきたのは、平手打ちの一件から数日後のことだった。

子供たちは遊んでいなさいと、アナスタシアは子息とともに庭に出され、両親と侯爵夫人は神妙な顔をしてどこかの部屋に入っていった。

アナスタシアはほかの子供との付き合い方など知らずに育ったから、エリオットという名であるらしい年上の少年にどう接したらいいのか分からなかった。

気まずさのあまり裏庭に逃げ出してしまう。そうしてどこかの部屋の窓の下にやってきたとき、風に乗って誰かの湿っぽい声が耳に届いた。

不思議に思ってカーテンの隙間からのぞいてみると、泣いていたのはあの母だった。

「あの子を育て上げる自信がないの」

ハンカチを口に当てて涙ながらに訴えるシャロンの姿に衝撃を受けたのを覚えている。

「あの赤い目で見つめられるたびに責められている気がするの」

夫に背中をさすられながらシャロンは大粒の涙を流していた。

ようやっと吐き出したというような苦渋に満ちた声音《こわね》が幼い胸にじくりと響く。

アナスタシアは急いで窓から離れ、屋敷の壁に背中を押しつけた。心臓が狂おしいほど早鐘《はやがね》を打っていた。

自分の存在が母を苦しめている。

円満に過ごしていた両親の生活に暗雲をもたらしている。

自分が生まれなければ、うまくいっていたはずなのに。

懸命に嗚咽《おえつ》を吐息に逃がして深呼吸を繰り返していたとき、握りしめていたこぶしに誰かのぬくもりが触れる。

はっと顔を上げると、真横に立っていたのはエリオットだった。今にも泣き出しそうなアナスタシアを見て悲しげに微笑む。

「うちに来る？」

「どうして……？」

思わず聞き返す。けれど本当は、その質問がどういう意味なのかアナスタシアにはよく分かっていた。

今日彼らがここに来たのは、自分を引き取るためなのだ。

両親は自分を含めて家族として暮らしていくことを諦めてしまった。

返事の代わりに、ただ強く首を縦に振る。母にとっても自分にとっても、きっとそのほうがいい。

言葉は出なかった。言葉にしようとすると途端に泣き声になりそうで、アナスタシアはただ震える喉に力を込めて、声を押し殺していることしかできなかった。

そうしてアナスタシアは生まれた家を離れた。


ブラッドレイ侯爵家に養子として引き取られたあとも、アナスタシアはどこか他人行儀な態度を崩せなかった。侯爵家の人々はとても優しくて、新しい娘の頑《かたく》なな態度に戸惑っているのがよく伝わってくる。けれど、アナスタシアはいつまでここにいられるのだろうという不安ばかりが先立った。自分の色は他人を不快にするものだと信じて疑わなかったから。

新しい家族はみんな柔らかな栗色の髪をしていて、瞳はエリオットと侯爵が緑、侯爵夫人がはしばみ色だった。とても綺麗な、普通の色だった。自分の色はおかしいのだ。どこへ行っても馴染むことができない。前髪を切ろうと提案されても頷くことはできなかった。

警戒心をなかなか解かない娘に、彼らは寛容だった。

侯爵夫人は反応の薄い娘を根気強くいたるところに連れ回した。養子の届け出をするために王宮に出向くときも、当然のようにアナスタシアの手を引いた。

彼女が書類を確認している間にそばから離れてしまったのは完全にアナスタシアの不注意だった。初めて見る王宮があまりにもきらびやかだったので、見惚れているうちに夫人の目の届かないところまでやってきてしまったのだ。

そうして困っておろおろとしているところに現れたのが、オーランドだった。

「ねえ、君。大丈夫？」

蜂蜜色の金髪がさらりと揺れる。天使のような少年がじっとこちらを見ていた。アナスタシアは輝く金の髪と深い青の瞳に目を奪われて、自分の瞳を隠すことすら忘れていた。

なのに、彼もどうしてか同じような惚けた表情をしていて、アナスタシアは不思議に思ったのを覚えている。まさか彼も自分の色に見惚れていたとは想像もしなかったのだ。君の色が好きだと言ってもらえたとき、生まれて初めて、ここにいてもいいのだと許されたように感じた。

王宮から帰ったアナスタシアが髪を切ると言うと、侯爵家の人々はとても喜んでくれた。

銀のとばりが取り払われたとき、地面ばかりを映していたアナスタシアの世界は一変した。最初に驚いたのは視界が広くて明るいことだ。さまざまな色彩が一度に目の中に飛びこんできて、アナスタシアは何度も瞬きをした。

侯爵家の屋敷は控えめな意匠《いしょう》の調度品で品よくまとめられていて、その温かい色彩をすぐに好きになった。窓から顔をのぞかせれば、庭には緑が溢れて、遠目には赤レンガの屋根が並ぶ王都の街並み、そして乳白色の王宮が見える。反対の方角には丘や森が広がり、可愛らしい歌声を奏《かな》でながら小鳥が飛び立つ。

とばりの向こうの世界はとてつもなく広大で、美しい色彩に満ちていた。

どこまでも続きそうな青空の下には、自分を受け入れてくれた父や母や兄——家族が、アナスタシアを見て微笑んでいる。

ここにいたい。

幼いアナスタシアは初めてそう思えた。

そして、あの人の一番近くに行きたい。

その願いは卵からかえったひな鳥のすりこみのように無垢でひたむきで、だからこそ切実だった。

兄に励まされ、父母に見守られながら、アナスタシアはすくすくと成長した。家族同士の付き合いや基礎教育の修了を通して、他人と接することにも徐々に慣れていった。

オーランドと会うことはめったになかったが、顔を合わせるといつもアナスタシアの大好きな優しい笑顔で頭を撫でてくれた。

豊穣祭《ほうじょうさい》の聖女に選ばれ、多大な注目を浴びる中で完璧に役目を果たしたことは、アナスタシアにとって大きな自信となった。

努力は着実に実を結んでいる。

アナスタシアは期待していた。彼の隣に並び立てる日がいつかやってくることを。

転機がなんだったかと問われれば、社交界へのデビューにほかならない。

その一夜はこれまでにない歓喜と失望を同時にアナスタシアに味わわせた。

貴族の子女が社交界にデビューするとき、まず顔を出すのは、実りの季節の宮廷舞踊会と決まっている。

きらびやかな空間に、光が踊る。

王宮の大広間を一言で表現するならそれだ。広間そのものも、緻密な装飾も、居並ぶ人々も、すべてがきらめく豪奢《ごうしゃ》な世界。

デビュタントの純白のドレスを身にまとったアナスタシアは、初めての舞踏会で目の眩《くら》むような光の奔流《ほんりゅう》にただただ圧倒されていた。ぽかんと口を開けてしまわないだけの冷静さは残っていたけれど、自分を導くエリオットのエスコートがなければとっくに逃げ出していたかもしれない。

いや、それでもきっと踏みとどまっただろう。

ここへ来ることを長年夢見ていたのはアナスタシア自身だったから。

誰かを捜していたエリオットが不意に立ち止まり、「ほら」とでも言いたげにこちらを振り返った。示されたほうへ目を移し、アナスタシアは思わず呼吸を止める。ずっと焦がれつづけた人の姿がそこにはあった。

正直に言うと、このとき少しだけ気後れも感じていた。会場で見つけたオーランドは、自分の知る彼とはなにかが違って見えたから。王族の威厳とでも言うのだろうか。周囲の者と社交的に挨拶を交わす彼は、穏やかな微笑みを浮かべているのに、どこか踏みこむのを躊躇《ためら》わせる雰囲気があった。

けれど、その目がアナスタシアを捉えた瞬間、そんな恐れは跡形《あとかた》もなく霧散《むさん》する。

「アナスタシア！　デビューおめでとう。君とここで会えて嬉しいよ」

一瞬にしてオーランドの空気がふわりと和らぐ。柔らかな笑顔は、アナスタシアの強ばった心をいとも簡単に安堵《あんど》と喜びで塗り替えた。

満面の笑みで応えようとして、はっと思いとどまる。感情を露骨に表すのは子供のすることだ。しずしずと歩み寄ったアナスタシアはそっとドレスの裾をつまみ、優雅にお辞儀してみせた。

「ありがとうございます。オーランド様とこうしてお会いできる日を心待ちにしておりました」

社交辞令のごとく告げた言葉は、しかしまごうことなき真実だ。幼少の出会いから実に十一年間、アナスタシアはずっとこの日を待っていた。王宮で出会う偶然に頼らずとも彼と会えるようになる、この日を。

初めて目にするオーランドの盛装を感動とともに見つめる。紺青《こんじょう》の上衣と金色の刺繍は、髪と瞳の色に合わせているのだろうか。臙脂《えんじ》のクラヴァットが差し色となって全体を引き締め、その立ち姿は一枚の絵画のようだった。

感極まって言葉を続けられずにいると、彼はくすくすと笑った。

「緊張しているの？　安心していいよ。君は完璧な淑女だ」

緊張は不安のせいなんかじゃなくて、オーランド様が素敵すぎるから。

そんな率直な言葉を口にできるはずもなく、ただ黙って頬を熱くし、瞳を潤ませる。

するとオーランドがふと真顔になって上体を軽く傾け、彼の端整な顔が間近に迫った。深海のようとも言われる瞳は吸いこまれてしまいそうなほどに美しい。アナスタシアがうっとりと魅入られていると、彼の瞳がわずかに揺れ、目元にうっすらと赤みが差した気がした。

「殿下、もしや私の存在をお忘れではないでしょうね」

兄の声が耳に飛びこみ、陶然とする妹の心を現実に引き戻した。

「──ああ、すまない。君もいたんだったね、エリオット」

あっさりと上体を起こしたその表情からは、すでに動揺の色が消えている。

冗談めかした軽口にエリオットはやれやれとため息をついた。

「お気持ちは分かりますが、私の妹に近づくのでしたらきちんとした作法にのっとっていただかなければ困ります」

「少し見つめ合っただけじゃないか。厄介なお目付け役だな、君は」

少年めいた口調で不平を漏らし、オーランドは肩をすくめる。しかしすぐに表情を改めると、アナスタシアの正面に立ち、わざとらしいほど真面目な面持ちで頭《こうべ》を垂れた。

手袋に包まれた手が恭《うやうや》しく差し出される。

「ダンスのお相手をお願いしても？　レディ・アナスタシア」

「――は、はい。もちろんです、オーランド様」

口先ではどうにか平静を装ったけれど、努力できたのはそこまでだ。上目遣いに捕らえられれば、アナスタシアは目を逸らせなくなる。

震える指先をそっと手のひらに乗せると、慈《いつく》しむように優しく握りこまれた。久しぶりに触れる彼の手は骨張っていて、頼もしい大人の男性のそれに成長していた。大きさだって、子供の頃とは比べるまでもない。

「兄君もこれで文句はないでしょう？　しばし妹御《いもうとご》をお借りしますよ」

からかうオーランドと仏頂面のエリオットが視線の応酬を交わすが、アナスタシアは腰に回された手が気になってそれどころではなかった。

硬いコルセットを着用していて本当によかった。彼の長い指で柔らかな腰を撫でられでもしたら、恥ずかしくて卒倒してしまう。

「行こうか」

余裕たっぷりに促され、アナスタシアは夢見るような心地で彼の隣を歩いた。

広間にかすかな反響を残してカドリーユが終わり、二人は定められた位置に着く。

手を握り合えば、自然と距離は縮まった。オーランドの手を背中に感じ、触れられた場所が甘く痺れる。初めての舞踏会、初めてのダンスの相手。憧れの人を前に気持ちはこの上なく張り詰めていた。

うまく踊れなかったら、どうしよう……

少しの間のあとワルツのメロディが流れはじめると、アナスタシアの鼓動は最高潮に達する。

そのとき、背中の指先が不意をつくように肌をくすぐり、アナスタシアの肩がびくりと震えた。

悪戯をとがめようと顔を上げたその瞬間、ごく自然なリードが最初の一歩を促す。

魔法にかけられたように、右足が前に出ていた。流れは止まることなく、滑らかに次のステップへと移る。

いつもの自分のぎこちないダンスではない。アナスタシアが瞳をまたたかせてオーランドを見ると、形のいい唇がゆるりと深い弧を描いた。彼の手や足や視線が、見えない糸でも手繰《たぐ》るようにアナスタシアを向かうべき先へと誘《いざな》う。

直前まで懸命に思い返していたダンスのレッスンなどすっかり頭から消え去っていた。周囲の目を意識して肩肘張ることもない。アナスタシアはただ音楽に合わせ、オーランドについていけばよかった。

弦楽器の軽やかな調べが徐々に重なり合い、曲調を高めていく。曲の変化を感じながらステップを踏むと、自然と笑みがこぼれ落ちた。二人の動きは寸分のずれもなくぴたりと一致して、手を握り合ったまま明かりのきらめく広間をくるくると回ると、オーランドの瞳の中をいくつもの光が横切っていく。アナスタシアはその様をうっとりと眺めていた。

基本のステップを何度か繰り返し、本当に大丈夫だという自信が生まれはじめた頃、ようやく声をかけられた。

「上手だね。初めての舞踏会だとは思えない」

「それは……っ。オーランド様が、リードしてくださるからです。こんなにダンスが楽しいのは初めて、です」

心がはやるあまり言葉がつかえてしまう。

アナスタシアはあまりダンスが得意ではない。教師にも出来が悪いと叱られていたくらいだ。恥をかかない程度には猛練習してきたが、兄相手ではここまで踊れない。

「だったら、僕が練習した甲斐も少しはあったのかな」

「オーランド様は、十分お上手ではないですか。練習なんて必要ないでしょう？」

「単に踊るだけなら、ね。女性に気持ちよく踊ってもらうのはまた別だよ。実は今夜のために、妹をだいぶ練習に付き合わせたんだ」

「――私のため、ですか？」

ぽつりと尋ねてから、あまりに自惚《うぬぼ》れた発言で狼狽《うろた》えてしまう。浮かれすぎだ。

「も、申し訳ありません。この舞踏会は王家の主催ですし、デビューの令嬢たちのためにオーランド様がそういった配慮をされても、なにもおかしくは――」

続けようとした言葉は、真摯《しんし》な眼差しにひたと見据えられて立ち消える。

「君のためだよ、もちろん」

オーランドははっきりと答えた。それからやや逡巡《しゅんじゅん》し、躊躇《ためら》いがちに付け足す。

「僕のリードが下手だなんて、君には絶対に思われたくなかったんだ。もともと下手ではなかったはずだけれど……」

最後のほうはぼそぼそと呟き、わずかに視線を外す。もしかして、照れているのだろうか。今度は見間違えようもなく彼の目元が赤くなっているのが分かって、アナスタシアにまでそれが伝染してしまう。

胸が高鳴るあまり足元をふらつかせてよろめいた身体を、すかさずオーランドが危なげなく受け止めた。

互いに顔を上げると視線が絡んで、二人はしばし見つめ合う。

青い瞳に、火が灯っているようだった。そこに込められた熱量は、自分のそれとまったく差がないように思われた。

——この人が好きだ。

心からそう思う。幼かったアナスタシアは、恋とはどんなものかを知識として得る前に心で理解した。その想いは年を追うごとに深まっていく。

王宮で偶然出会うだけでは足りなくて、夜会で手を取り合ってもまだ遠い。

もっと、そばに。一番近くにいさせてほしい。

——オーランド様も、同じ気持ち？

楽団の奏《かな》でる音楽がこの上なく盛り上がり、オーランドの手に導かれてアナスタシアはくるりと身を翻《ひるがえ》す。幾重《いくえ》にも重なった純白の裾がふわりと舞った。次いで背中に触れた手が腰元まで下りて、華奢《きゃしゃ》な身体を仰《の》け反らせる。間近に迫った彼の表情は——少し、苦しそうだった。

そして、楽団が最後の音を響かせる。

「踊ったら疲れたか？　すみにソファが用意されているから、少し休もうか、アン」

オーランドからアナスタシアを取り戻したあと、エリオットが真っ先に口にしたのがそれだった。ダンスの高揚があとを引き、心ここにあらずの状態だったアナスタシアは、エリオットの提案に素直に頷いた。

アンというのは、ブラッドレイ侯爵家の人々がアナスタシアを呼ぶときの愛称だ。殿下と同じ呼び方はなんだか悔しいと言って、少年だったエリオットがつけてくれた。悔しいという心情がどういう理由によるものなのか、その時分のアナスタシアにはよく分からなかったけれど、自分のためにわざわざ考えてくれた呼び名が純粋に嬉しかった。

エリオットと空いている座席を探しながらふと思う。

オーランドは、いつの頃からかシアと呼んでくれることがなくなった。親しみを込めてそう呼ばれるのが、アナスタシアは密かに好きだったのに。

おそらくここ一年のことだと思う。理由は深く考えないようにしていた。それがデビューを間近に控えた令嬢に対する当然の敬意だと言うのなら、寂しいけれど仕方がない。けれど、もし彼がアナスタシアと距離を置きたいと感じていたなら……なんて、後ろ向きに憶測しはじめたらきりがない。

でも、と先ほどの彼を思い出す。

もしそうなら、そもそもアナスタシアにダンスなど申しこみはしないだろう。君のためだよ、なんて期待をもたせることも言わないはずだ。あんな瞳で見つめて——まるで、愛の告白でもされているように錯覚しそうな。

再び頬に熱が灯りそうになり、ぼけた思考を頭から追い出す。ちょうど人のいなくなったソファを見つけて腰を下ろした。

「レモン水をもらってくるから、少し待ってて」

そう言って踵《きびす》を返したエリオットを見送り、アナスタシアは軽く息をつく。

夜会が盛り上がるのはこれからだ。まだ多くの人は中央のダンスフロアの付近にいて、このあたりはすいている。だからといって完全に油断するわけにはいかないけれど、緊張しすぎて少し疲れていた。

賑わいの中心から離れてみれば、王宮の大広間は本当に広くて、この場にどれだけの人がいるのだろうと気が遠くなってしまう。

このあとアナスタシアも、ブラッドレイ侯爵家とつながりの深い貴族たちのもとへ挨拶に赴《おもむ》かなくてはならない。それは初めて社交の場に出た良家の子女に求められる当然の礼儀だった。

父が宰相なので挨拶すべき相手はいささか多いが、王太子妃候補として立つ身であることを考えれば、少しでも顔は売っておくべきである。

お兄様が戻ってきたら、あの中に戻ろう。

そう決めて背もたれに寄りかかったとき。

「なに？　あの色」

くすくす、と嫌悪感のにじむ笑い声を耳が拾い上げる。ゆったりと流れる音楽の狭間《はざま》から、陰湿な囁きがひゅっと飛びこんできた。

息を詰めると、立て続けに言葉の矢が飛ぶ。

「見て。変な色。人じゃないみたい」

「ほんと、髪なんて色が全然なくて、おばあさんみたいよ」

「あんな気持ち悪い目の色ってある？　どこかおかしいんじゃないかしら」

声の出どころはソファの脇に立つ三人の令嬢だった。アナスタシアは無視を決めこんだ。こんな展開には慣れている。何度も言われてきたことだ。

じっと口をつぐんで素知らぬ顔をしていると、こちらの反応が面白くなかったのか、彼女らはさらに続けた。

「あんな容姿で王太子妃になろうなんてどうかしてるとしか思えないわ。すでにクラリス様がいらっしゃるのに」

「あの方以上にオーランド様の妃にふさわしい方なんていないるはずありませんものね。とても立派なお方で、憧れている令嬢も多いですもの。妃になれば誰もが喜ぶに違いありませんわ」

「ブラッドレイ侯爵はよほど権力がほしいのではなくて？　お父様も苦言を呈《てい》しておりました。すでにご子息が王太子の側近として召し抱えられているのに、ご令嬢までなんて、やることがあからさますぎると」

「しかもご令嬢は養子のうえに、あの色でしょう？　それで推挙《すいきょ》なさるなんて、よほど必死なのかしら。見苦しい」

父を悪しざまに言われ、アナスタシアは思わず立ち上がっていた。しかし、口にすべき言葉が見当たらない。馬鹿にするようにまたくすくすと笑う声が耳に届いて、奥歯を噛み締める。

違うと言い返したかった。ブラッドレイ侯爵は権力など望んでいない。エリオットが側近に就いているのはオーランドたっての希望があったからだ。アナスタシアが妃候補に名を連ねているのはアナスタシアのわがままだ。

父はいつだって優しくて公平で、国のことを考えている。見苦しいなんて評されるような人では決してないのに。

けれど、ここで言い返したところでどうにもならないのは目に見えていた。状況は悪化こそすれ、好転はしない。アナスタシアはぎゅっとこぶしを握って耐える。

「こんな人が王太子妃になんてなったら、お仕えする側も困ってしまいますわね。他国から舐められるに違いありませんもの」

「特にあの赤い瞳。血のようですわ。穢《けが》らわしい。王家にまったくふさわしくありませんわ」

ほんとに、ふふ。彼女たちは笑い声を上げる。

胃の底から気持ち悪いなにかがぐっと込み上げるのを感じ、アナスタシアは咄嗟《とっさ》に口元を押さえた。喉に力を込めてなんとか抑えこむが、もやもやとした吐き気が胸のあたりでうずまいている。

血のよう。穢《けが》らわしい。

その言葉を耳にした瞬間、頭から血の気が引いたのをはっきりと自覚した。

なぜそんな言葉にこれほど動揺してしまったのか、すぐには分からなかった。しかし、少し考えて気がつく。それは実母が言い放った言葉とまるきり同じだったのだ。

アナスタシアの瞳の色を嫌悪して前髪で隠すことを強要した実母。ずっと忘れていたのに。もう過去のことだと振り切ったつもりでいたのに。

打たれた頬の熱さが、見上げた実母の怒りの形相が、そのとき覚えたとてつもない恐れの感情が、鮮やかに脳裏によみがえる。

全身から冷や汗が噴き出して、肩が大きく上下する。呼吸が浅くなっていき、頭がくらくらして真っ直ぐ立っていられなくなった。

ここから出なきゃ。無様な姿はさらせない。

「どうしましたの？」

わざとらしい猫なで声で令嬢たちがすり寄ってくるのを振り払い、扉に向かった。背後で非難の声が上がったけれど、気にとめている余裕はなかった。

足早に歩を進めると、途中でどんっと誰かにぶつかってよろめく。

「も、もうしわけありませ……っ」

息も絶え絶えに謝罪して振り返れば、俯きがちの視界に、しずくの滴るワイングラスと男性の胴体が入りこむ。派手さはないが品のいい衣服を着ていた。名のある家の当主かもしれない。

しかし、視線を上げて彼の瞳を捉えると同時に、ぞくりと冷たいものが背すじを駆け上がる。

透き通るようなアイスブルー。

それはかつて実母が所有していた髪飾りの宝石とまったく同じ色をしていた。

彼はアナスタシアを見るなり驚いたように目を瞠《みは》ったが、すぐに表情を緩めて気遣わしげに眉根を寄せた。

「私は平気だ。あなたこそ休んだほうがいいだろう。顔色が悪い。それにワインが……」

グラスからはアルコールの匂いが立ちのぼっている。それがさらに胃を刺激して吐き気を強めた。

「大丈夫、です、から……っ」

アナスタシアはそれだけを言い、出口に突き進んだ。

必死の思いで会場を出て廊下をさまよい、人目につかない柱の陰《かげ》にしゃがみこむ。

しばらくじっとしているとだんだんと悪心《おしん》は治まり、全身に血の巡る感覚が戻ってきた。ほっと安堵《あんど》の吐息を漏らして立ち上がると、足元のふらつきはなくなっていた。肌に残る汗が若干不快ではあったけれど、人前に出られないほどではない。

急いで広間に戻らなければ。きっと兄が心配している。挨拶回りだってあるのに。

しかし、身だしなみに問題がないかドレスを確かめたところで、アナスタシアの表情は凍りついた。腰から大きくふくらんだ純白のスカートに、赤々と大きな染みができていたのだ。

男性のもっていたワインがかかったのだろう。時間の経過で布地に染みこんだそれは、デビューを象徴する清らかな白を不格好なまだら模様で台無しにしていた。

「どうしよう……」

あまりのことに頭が真っ白になってしまう。

咄嗟《とっさ》の状況でも、相手の衣服に汚れがないことは確認していたが、自分のドレスにまでは気が回っていなかった。

こんな格好では広間に戻ることなどとてもできない。染みはスカートの上部からなかばにかけて広がっており、とても隠せるものではなかった。

取り返しのつかない失敗をしてしまった。その事実が、思った以上にアナスタシアを打ちのめした。

スカートを掴む手が震えている。ふと目をとめれば、その肌はいつにもまして青ざめて血の気がなく、死人のようだった。

人じゃないみたい。

令嬢たちから投げつけられた悪意がじわじわと心を侵していく。ほかの人と同じ色をしていたら、こんな失敗などしなかったはずなのに。

「わたし、どうしてこんな色なの……？」

情けない泣き言が漏れて、その場にくずおれた。

成長した自分は、容姿のことでなにか言われても平然としていられるはずだった。けれどそれは単に、アナスタシアの心が痛みに鈍くなっていただけなのだ。何度言われたって、誹謗《ひぼう》の言葉に慣れることなどない。表向きはいくら平気な顔をしてみせたって、傷ついた心をなかったことにはできない。

『深い色のルビーみたいで、僕は好きだよ』

いつか彼がくれた言葉を祈るような気持ちで思い出す。そうしてアナスタシアは、懸命に自分を奮《ふる》い立たせようとした。

そのあと、妹を捜しに来たエリオットに無事に見つけられ、アナスタシアは早々に夜会をあとにすることになった。

アナスタシアの居場所がすぐに分かったのは、ワイングラスを手にしていた紳士――王弟がエリオットを呼んでくれたかららしい。銀髪に赤い瞳という特徴的な容姿から、ぶつかってきた相手がブラッドレイ侯爵家の娘だと察するのは容易だっただろう。

いくら切羽詰まっていたとはいえ、王家の血筋にも連なる高貴な人に無作法な真似をしでかしたうえ、そんな配慮までさせたことに、アナスタシアは落ち込む。

王弟のことを口にするエリオットはどこか複雑そうな顔をしていたが、このときのアナスタシアにはそんなことに気をとめている余裕はなかった。

ただただ侯爵家の娘としてうまく振る舞えなかったのが申し訳なくて、帰りの馬車の中でごめんなさいと繰り返す。そんな妹をエリオットは優しく励ました。こんな失敗は誰にでもあるから、気にすることはないのだと。屋敷に帰ると父も同じことを言った。

けれど、それはアナスタシアに対する彼らの甘さだ。ブラッドレイ侯爵家と懇意にしている貴族たちは、デビューの令嬢から挨拶がなかったことを不満に思っているだろう。

その証拠に、次の夜会であらためて挨拶に向かったとき、幾人かの貴族はじろじろとあからさまに値踏みするような視線を向けてきた。その中には国内で大きな発言力をもつ大貴族のランズベリー公爵も含まれていた。

デビューの挨拶もまともにできない不出来な娘。そうみなされたのだと思うと、情けなくて消え入りたかった。

幼い頃から地道に努力を重ね、自信を積み上げてきた。

それを台無しにしたのはほかでもない、アナスタシア自身だった。

・・・・・―＊―・・・・・

オーランドとクラリス嬢が庭園で落ち合うのを目にしてから数日が経った。

このところ貴族たちの間にはとある噂が流れている。まだアナスタシアが婚約者候補を辞退することは公にされていないにもかかわらず、オーランドの妃はクラリス嬢で決まりらしいというのである。

王宮の片隅で二人が睦まじく語り合っていたという話に端《たん》を発《はっ》したその噂は、ほかの目撃談も多数あったことで信憑性を増していた。

噂はもちろんアナスタシアの耳にも届いている。これほど話題になるのだから、おそらく彼らの逢瀬はあの一度だけではなかったのだろう。アナスタシアはあれ以降オーランドの姿すら目にしていない。もともと夜会以外ではめったに会えない程度の関係性でしかないのだ。

もしかしたらオーランドが夜会で話したいと言ったのも、クラリス嬢を選んだことをただ直接伝えたかっただけなのかもしれない。誠実な彼ならけじめをつけるためにそうしようとしても、なんら不思議はなかった。

クラリス嬢とのことを彼から告げられる場面を想像するたびアナスタシアの胸はひどく痛んだけれど、もともと諦めるつもりでいたのだから同じことだ。そう言い聞かせて無理やり自分を納得させていた。

夕食後、父に呼ばれたアナスタシアは、執務室の扉を控えめにノックする。入室の許可を得て扉を開くと、執務机の奥に立つ父が振り返った。応接用のソファには母が座っている。

父母がそろった状況にアナスタシアはかすかに身構えた。

「教会から書簡が届いたよ」

そう言って父は手にしていた書類を差し出す。文面を読んでみれば、それはアナスタシアを正式に教会に迎え入れたいという要望書だった。かしこまった硬い文章で、豊穣祭《ほうじょうさい》での活躍や普段の勤勉な奉仕態度などを評価する内容が綴《つづ》られている。

突然のことに声を出せずにいると、父が先に口を開いた。

「驚いたよ。まさか、教会じきじきにそんなものを送ってくるとはね」

「そんなにめずらしいことなのですか？」

「一令嬢を迎え入れるためだけに要望書を出すなんて初めてのことじゃないかな。聖女を担《にな》った経歴があるにしても異例のことだ」

そして父は窺《うかが》うようにこちらを見る。アナスタシアはどう反応すべきか迷った。確かにレナードからは打診を受けたし、修道女になりたいとは望んでいたけれど、こうまでして自分は求められる存在なのだろうか。なぜ、という困惑が先立ってしまう。

「それだけ、アンの仕事が評価されたということでしょう。王都の人々の間では聖女を務めたあなたのことがいまだに話題に上るそうよ。教会がほしいと思うのも当然じゃないかしら。誇っていいことだと思うわ」

母が励ますようににっこりと微笑む。とかく自分を否定しがちなアナスタシアの思考を、この家の人たちはよく理解しているのだった。

「お父様は、どう思われますか……？」

なおも確証をもてずにアナスタシアが尋ねると、父は思案顔で顎をさすりながら答えた。

「そうだね、確かに教会の対応には少し疑問が残るけれど、君が評価されたというのは事実だろう。自分を必要としてくれる場所で生きていくのは悪いことじゃない。だから、アンが考えるべきことは一つだけだ。君は教会に入りたい？」

真っ直ぐに問われて、アナスタシアは静かに、けれど確かな意志をもって頷いた。他家に嫁ぐ覚悟はあっても、心の中にある切実な思いをなかったことにはできない。

オーランドとの結婚を願う気持ちはもはや潰《つい》えている。妃の座の行く末に人々の注目が集まる中あのような噂まで流れて、もしかしたらという可能性に期待できるほど、アナスタシアは楽観的ではない。

父は特に難色を示すこともなく鷹揚《おうよう》に頷いた。

「分かった。なら、そうしなさい」

あまりにもあっさりと出された許可に、アナスタシアのほうが狼狽《うろた》えた。願いを口にはしたけれど、父が望むのなら政略結婚も受け入れるつもりでいたのに。

「で、ですが……っ、お父様には、私に期待する役割が、ほかにおありだったのでは……？」

「役割？」

父はきょとんという顔をして、すぐに得心《とくしん》がいったように「ああ」と声を漏らした。

「まったく君は、少し真面目がすぎるね」

母が傍らで苦笑していた。まるで、仕方のない子ね、と愛おしむように。

「もちろん、娘の結婚は侯爵家にとって便利なカードではある。けれど、君に強制するつもりはない。それに、身内に教会関係者がいるというのも、なかなか都合のいいものなんだよ。見習いとしての働きも評価されているようだし、いい選択じゃないか」

「お父様……」

涙腺がぐっと緩み、アナスタシアは瞬きを繰り返した。

「妃候補を辞退することは、今日陛下にお伝えしておいた。追って沙汰するとのおおせだ。もうすぐ殿下の生誕記念式典があるから、そこでなんらかの発表があるだろう。修道女となることはそれから周囲に伝えていけばいい」

父はそこまで語ると、アナスタシアのそばに歩み寄り、その小さな手を両手に包んだ。

「着飾ったアンを見るのは生誕記念式典の夜会で最後になるかもしれないな。綺麗な姿を父に見せておくれ」

微笑む目尻にはしわが寄っている。愛情をもって育てられた年月を思い、アナスタシアの赤い瞳からひとしずくだけ涙がこぼれた。

「はい。ありがとうございます、お父様……」

頬のしずくを指先でそっと拭う。見守る両親の目に満ちるぬくもりをアナスタシアは確かに感じ取った。

「そういうことなら、次の夜会はとびきりのドレスを仕立てないといけませんね」

やる気になった様子の母が娘をソファに呼び寄せる。素直にその隣に腰を下ろしつつ、アナスタシアの頭にはかすかな懸念が浮かんでいた。

「ですが、夜会までもう日が迫っております。今から新しいものを仕立てるのは難しいのでは？」

「大丈夫よ。仕立て屋が一年で一番忙しいのは、ご令嬢たちがデビューする時期だもの。宮廷舞踏会はついこの間終わったところだから、今は暇でしょう。少しの無理なら聞いてもらえるわ」

そう話す母は実に自信ありげだ。おそらくあてがあるのだろう。もとより貴婦人の服飾に通じている母であるから、世間知らずな娘が気を回すのは余計なお世話というものだ。

むしろ。それどころか。

きっとこの場で両親が求めているのは自分のわがままだ。

最後は娘の納得いく形で締めくくらせてやりたい。そんな彼らの愛情をひしひしと感じて、アナスタシアの瞳はまた潤んでしまう。

「まずは、ドレスの色よね。どれがいいかしら？　アクセサリーも合うものを選ばないといけないし……手持ちの中で着けていきたいものはある？」

「え、と……」

促されて宝石箱の中身を思い出すが、自分の所有しているアクセサリーはサファイアばかりだ。ちらり、と母の耳元に目をやると、そこにはエメラルドのイヤリングがきらめいている。その色はブラッドレイ侯爵の瞳と同じ。

この国では、将来を誓い合った相手の瞳と同じ色の宝石を身につけるのがならわしだ。アナスタシアも、いつかの未来を願って夜会のたびに青い宝石のアクセサリーを選んできた。

そんな日々も、もう終わるのだ。

唐突な実感が押し寄せ、ぽたり、と再び涙がこぼれ落ちる。母がまあまあと苦笑して娘の震える背中に手を添えた。とんとんと優しくあやされ、アナスタシアはとうとう両手で顔を覆ってしまう。

手持ちの宝石はもう、どれも身につけられない。目にするたびに叶わなかった初恋を思い出すのでは、あまりにも悲しすぎる。一つ残らず売り払ってくれるように父に頼もう。

代わりに、最後の夜会は真っ青なドレスを着る。それで終わり。

十二年間の初恋は、そこで幕を下ろすのだ。

ドレスの相談を終えて執務室を出ると、すぐの廊下で待ち受ける人物がいた。

もたれていた壁から背中を起こすのは、兄のエリオットだ。こちらに歩み寄った彼は、アナスタシアの濡れた目元に気づいて手を伸ばした。

「泣いたのか」

「少しだけ……でも、もう大丈夫です」

小さく微笑むと、妹の様子に察するものがあったのか、エリオットはかすかに息を詰めた。

「修道女になると、決めたのか？」

「はい……。お父様も許してくださいました」

「アンが望むなら、父上も母上も否やはないよ。もちろん俺も。けど……」

そこで兄は黙りこみ、もどかしそうに口元を歪めた。王太子の側近を務める彼なら、オーランドについてアナスタシアが知らないことも知っているのかもしれない。

「オーランド様は、ご不快に思われるでしょうか」

アナスタシアが尋ねると、エリオットはなにか言おうと口を開きかけ、迷った末に閉ざした。やがて力なく首を振る。

「……分からない。この件については、俺も殿下のお心を計りかねているんだ。妃候補の身内という立場では俺から直接なにかを言うわけにもいかないし……。力になれなくてすまない」

「いえ、いいのです。お兄様が気に病むことはありません」

すべては自分が不甲斐ないせいだ。

頭を下げた兄の肩にそっと触れる。けれど、エリオットの表情ににじむ憂慮《ゆうりょ》の色は和らぎそうもなかった。

「本当に、決心してしまったんだな？」

「……はい」

「なら、アンの思うとおりにすればいい。だけど俺や、父上や母上が、いつもお前の幸せを願っていることは忘れるな」

優しい兄はそう言って、小さな妹の頭を肩に引き寄せ、慰《なぐさ》めるようにぽんぽんと叩いた。

第三章　舞踏会の別れ

王宮へ向かう馬車が石畳の段差でがたがたと音を立てる。アナスタシアはその揺れに身を任せながら、窓の外に視線を投げ出していた。

今夜、オーランドの誕生日を祝う夜会が王宮の大広間で開かれる。アナスタシアはまだ数えるほどしかその絢爛《けんらん》な広間に足を踏み入れたことがない。

思い出すのは最初の舞踏会だ。すべてがきらめいて見えた明るい世界。その真ん中にいたオーランド。アナスタシアのデビューを心から喜び、「君のためだよ」と甘く囁いた。恋の喜びがアナスタシアの中を駆け巡った夜。

オーランドにとって、自分はなんだったのだろう。

ぼんやりとそんな疑問をいだく。

もしも彼が確かな言葉を与えてくれたなら、どんなことがあっても諦めたりはしなかった。異質な容姿に眉をひそめられても、誉《ほま》れ高いクラリス嬢と対峙することになっても、きっと耐えることができた。

結局彼も、アナスタシアは妃にふさわしくないと判断したのだ。もしかしたら彼にとって自分は妹のような存在だったのかもしれない。庭園での二人の姿を思い出すと、胸が軋《きし》む。彼の優しさも甘さも、恋愛感情によるものではなかったのだ。

馬車はゆっくりと速度を落として止まり、すぐにまた動き出した。城門を通過したのだ。

「そろそろ着くようだね。本当に大丈夫かい？　無理ならこのまま帰ったってかまわないよ」

斜向《はすむ》かいに座る父が、屋敷を出る際にも尋ねたことをまたも繰り返す。父がこれほど心配するのは、例の噂のせいだ。オーランド様がついにクラリス嬢と婚約するらしいという下世話な憶測は、静まるどころかますます勢いを増して、もはや社交界に知らぬ者はいないところまできている。

噂の当事者たちが一堂に会する今夜の夜会を、人々がどういう目で見ているかは容易に想像できる。それがアナスタシアにとってどれほど苦しい場になるのかも。

それでもアナスタシアは気丈に首を横に振った。

「大丈夫です。今夜が最後ですから、きちんと出席します」

「そうか……」

大丈夫という言葉をそのまま信じたわけではないだろうが、父はそれきり口を閉ざした。

アナスタシアは今日まで、教会に入るための準備を内々に進めてきた。正式な手続きは妃候補から降りると公にされてからだが、レナードにはすでに意向を伝えている。

アナスタシアは今夜を最後に社交界を去る。

きっと今夜、陛下からなんらかの発表がある。それはもしかすると、オーランドとクラリス嬢の正式な婚約かもしれない。具体的な内容がどうであれ、アナスタシアが王太子の婚約者候補でなくなることは決まっている。自分の引き際だけは自分で見届けたかった。

馬車はやがて王宮にたどりつき、地面に降り立ったアナスタシアの前に、広間へと通じる扉が開かれる。奥に広がるのは光に満ちた世界——オーランドのいる場所だ。

アナスタシアは表情が陰りそうになるのをこらえ、毅然《きぜん》と顔を上げた。

客人をもてなすために設《しつら》えられた広間は、壁や天井に細やかな装飾がこれでもかと施され、大きなシャンデリアがそれらを煌々《こうこう》と照らし出していた。その下では、おのおのに着飾った貴人たちがおしゃべりやダンスに興じ、彼らのまとう美しい色彩でもって広間はさらに絢爛《けんらん》さを増している。

王太子の誕生日とあって、招かれた客人は普段よりも多く、会場は賑やかな話し声や音楽に満ちていた。

中でもとりわけ人が集まる一角が、オーランドのいる場所だ。本日の主役に祝辞を述べようと貴族たちが押し寄せているのか、列のようなものまでできている。

けれども、国の宰相と一応はまだ婚約者候補の令嬢が近づけば、自然と人垣は割れる。オーランドの前へすんなりと進み出ると、父は簡単な挨拶のあとで祝いの口上を述べた。

「オーランド様のこたびのお誕生日、心よりお祝い申し上げます」

続けてアナスタシアが祝福の意を伝えると、盛装に身を包んだ王子は軽く頷いた。

「何事もなくこの日を迎えられたのはブラッドレイ侯爵をはじめとするすべての臣民《しんみん》が国を支えてくれるからこそだ。感謝している」

「ありがたいお言葉」

父が腰を折ると、オーランドがこちらを向く。アナスタシアの身体にわずかな緊張が走った。辞退の件は彼の耳にもとっくに届いているはずだった。

彼の穏やかな目に、一瞬苦しげな色がよぎったように見えた。見間違いだったのかもしれない。彼は微笑んでいる。作ったようによそよそしい笑みだった。

「アナスタシアも、お祝いに来てくれてありがとう」

「……はい」

滑らかな美声は抑揚がなく、感情を綺麗に覆い隠している。一線を引かれたように感じるのは身勝手というものだ。先に手を放したのは自分なのだから。

アナスタシアは黙って目を伏せ、続く言葉を待った。けれど、なにかが告げられる気配は一向にない。怪訝《けげん》に思って顔を上げると、もの言いたげな双眸《そうぼう》と出会った。

「オーランド様……?」

首を傾げると、オーランドは「……いや」と言葉を濁し、気を取り直したように再び微笑んだ。その笑顔は文句のつけようもないほど完璧なのに、どこか寂しげだ。

アナスタシアは卒然《そつぜん》気がついた。彼と直接言葉を交わすのは、これが最後になるかもしれないのだ。話したいことがあると言われたのは、彼がアナスタシアの辞退を知る前である。クラリス嬢を選んだことを義理として報告したかっただけなら、もはやその必要はない。

社交界を離れれば、一介の修道女が王太子に拝謁《はいえつ》できる機会などなきに等しいだろう。この夜会が終われば、彼の青い瞳が自分を映すことも二度とないのだ。

——なにか言わなければ。

焦燥にも似た思いで、アナスタシアは言葉を探した。なにか、最後に言うべきことがあるはず。好きだなんて想いを今さら告げるつもりはなかった。迷惑になるだけだからだ。ならば言うべきことなど、一つしか浮かばない。

さようなら。オーランド様の未来が、幸福に満ちたものでありますように。

長すぎた初恋に終止符を打つための言葉。

しかしそれを唇に乗せることはできなかった。

見渡せば広間にはたくさんの人がいて、二人は注目されている。妃候補から降りることが明言されていない今、ささやかな別れの言葉すらアナスタシアには許されていなかった。

互いに黙りこんだまま、どれほどの間自分たちは見つめ合っていたのだろう。

オーランドがふとアナスタシアのドレスに視線を移し、ふわりと目元を緩ませる。両親が最後だからと作らせたドレスは、カットとドレープだけで魅せるシンプルな青だ。

けれど彼の表情が綻《ほころ》んだ時間はわずかで、即座に視線は逸らされ、眉間にしわが寄る。まるで、込み上げるなにかを呑みこもうとでもしているかのようだ。

やがてかすかな吐息が聞こえ、オーランドは眉を下げて苦笑した。

「君は、青いドレスが、よく似合うね……。赤い瞳が映えて、とても、綺麗だ……」

ぼそぼそと囁く声は低く、とても聞き取りにくかった。日頃の明朗な話し方とはまったく違う。それが逆に、お世辞でない本心を告げている証左《しょうさ》にも思え、アナスタシアの胸は切ない喜びに震えた。

「このドレスは、今夜のために仕立てたのです……。最後に、どうしてもこの色を着たくて……」

オーランド様の瞳の色だから。

心の中だけでそう付け足し、アナスタシアは微笑んだ。

シャンデリアの明かりがにじむ。ドレスを褒められただけなのに、感激に目が潤んでいた。涙を散らそうと瞬きすれば、彼の金髪がふわふわと柔らかな光をまとう。

その光景は幼い日の出会いを彷彿《ほうふつ》とさせた。王家の証たる蜂蜜色は、いつだってキラキラと光を放ち、彼の存在を輝かせる。

「オーランド様は……私と初めて会った日のことを、覚えておいででしょうか」

唐突に問いかければ、彼は小さく息を呑む。少しの間のあと、気が抜けたように笑った。

「――もちろん。忘れるはずがないよ」

その飾り気のない表情は、無意識に出たものだろうか。少しだけ緩んだ空気がアナスタシアの背中を押す。

「あのとき、オーランド様はこの瞳を褒めてくださいました。赤い瞳がルビーのようだと……。今でもあの日のお言葉が、私の支えです」

オーランドが目を瞠《みは》り、慌ててなにかを言おうとする。それより先に、アナスタシアは頭を下げた。

「ありがとうございました」

こぼれそうになる涙を、目蓋《まぶた》で押さえる。

社交界にデビューするとき、何百回と繰り返したお辞儀の練習を思い出した。素敵なレディになった姿を見せて、オーランドを驚かせたかった。そんな、一途に努力した日々をとても遠くに感じた。

及第点かしら——自嘲的に評価を下し、上体を起こす。

短く暇《いとま》を告げて背中を向けた。

「アナスタシア……っ、待ってくれ！」

オーランドが上げた声に人々が振り返る。無視して立ち去ってしまえば、彼はすぐに諦めるはずだった。王家の夜会で王太子自らが騒ぎを起こすわけにいかない。

なのに——予想外に力強い手に引き止められ、アナスタシアの足は止まる。

「なら僕にも、言わせてくれ」

有無を言わせぬ口調にびくりと肩が揺れる。

面と向き合うのが怖くて振り向けない。それでも、真後ろに立つ彼の気配は十二分に伝わってきた。鋭い気迫は切実なまでに真剣で、背中に痛いほどの視線を感じる。

少し掠《かす》れたバリトンが想像以上の至近距離で発せられた。

「僕にとっても、君は……道しるべ、だったよ。君の尊敬にふさわしく在りたいと思ったから、僕はここまで努力してこられたんだ」

君も、同じ気持ちじゃなかったのか……っ。

最後に吐息の擦れる音で紡《つむ》がれたのは、苦しい呟きだった。苛立ちのにじんだそれは、きっとほかの人には聞こえていない。アナスタシアにだって聞かせるつもりはなかっただろう。

しかし、その声なき音を捉え、アナスタシアの中に突如として激しい衝動が湧き起こった。

そんなのこっちの台詞だ――私はずっと待っていたのに！

噛み締めた奥歯が、ぎりっといやな音を立てる。力を込めて口を閉ざしていなければ、きっと自分はオーランドをひどく責めてしまったに違いない。

気をもたせるような態度で期待させたくせに、結局オーランドはアナスタシアを選んではくれなかった。彼の言動に好意のようなものを感じ取ったのはすべて都合のいい幻想だった。

恋愛感情をいだかず、兄のように慕《した》えていたら、こんな別れを迎えずに済んだのだろうか。敬愛と親しみだけでつながった穏やかな関係を築き、やがて別の女性を選んだ彼を祝福して、自分もまた別の誰かを伴侶に選ぶ。そうしていれば、一番近くとは言えないまでも、ずっとそばにいることは叶ったのだろうか。

妄想とも言える自分の思考を、アナスタシアは一笑にふした。ありえないと分かっていたからだ。恋をしたからこそ、自分はここにいるのだ。オーランドのくれたものはアナスタシアの世界を変え、焦がれる想いが前へ踏み出す勇気となった。恋の力がなければ、生まれもった容姿を呪いつづけ、自分の殻を破ることすらままならなかった。オーランドとの交流だって、幼い頃に出会ったきりで終わっていたはずだ。

だからつまり、二人がともにある未来は、最初から用意されていなかったのだ。

残酷な現実を思い知り、身体が震える。アナスタシアが泣いているとでも思ったのだろうか、手の戒《いまし》めがするりとほどけた。

「引き止めてしまって、悪かったね。……行っていいよ」

彼の声に先ほどまでの覇気《はき》はない。背後から突きつけられる失望の空気に耐えきれず、アナスタシアは逃げ出すようにその場を離れた。

なにも言葉が出てこなかった。

涙をこらえて顔をしかめたまま、ひたすら人波をかき分ける。最低限の優雅な足取りを保つので精一杯だった。

広間の端まで来たところで、無人のテラスに出る。

素晴らしい王宮の庭園も今は暗がりの中に沈んでいた。柵の向こうに広がるのは真っ暗な闇ばかりだ。手の届かぬ上空に星が光っている。月は出ていない。

背後では賑やかな夜会が開かれているのに、外はとても静かな夜だった。

アナスタシアは、しばらくそこから動けなかった。


夜風に当たり、目元の熱が引くのを待ってから、室内に戻った。入ってすぐの壁に寄りかかっていた男性が身を起こしたのに気づき、父かと思って振り向いたアナスタシアは、その金髪を目にして驚いた。

「気分は落ち着きましたか？」

「レナード様……いらっしゃっていたのですね」

美貌の司祭も今夜ばかりは祭服《さいふく》を脱いで盛装に身を包んでいる。その姿は、王宮の大広間に遜《そん》色《しょく》なく溶けこんでいた。

「王宮の礼拝堂を預かる身なので、王家が主催する夜会には呼ばれるのですよ。参加したのは初めてですが、今夜はあなたのことがありましたので」

そう語る彼は、どうやらずっとここに立っていたらしい。テラスに人が来ないように見張ってくれていたのだろう。心苦しさを感じたアナスタシアは周囲を見回す。

「父は……？」

「ここを私に任せて挨拶回りに行かれました。あなたを大変心配なさっていましたが、宰相ほどのお方が広間のすみでじっと立っていては目立って仕方がないですからね」

「そうでしたか……ご迷惑をおかけしてしまって申し訳ないです」

「かまいませんよ」

レナードの優しい微笑みは、恐縮する心を不思議と軽くする。彼に懺悔《ざんげ》する罪びとの気持ちが分かる気がした。

「オーランド様とお話しになったのですね」

「はい」

「言いたいことは言えましたか」

「……よく、分からないです」

答えを口にしてから、違う、と思った。少し考え、答えを言い直す。

「本当は、お別れを言いたかったのです。でも……いえ、きっと、あれでよかったのです」

目を伏せて、オーランドの前で口にした内容を思い返す。そして確信する。あれ以外の言葉はなかった。

「最後になにかをお伝えするなら、お別れよりも感謝です。私がどれほどあの方に救われたか、知ってほしかった」

「不器用な人ですね」

アナスタシアは苦笑した。自分でもそう思う。

なりふりかまわず、好きだと言ってしまえばよかったのに。一番に知っていてほしい気持ちはそれのはずだった。けれど、想いを押しつけて去るような身勝手はどうしてもできなかった。それで気が晴れるのは自分だけだから。オーランドの心にわだかまりを残すことは絶対にしたくなかった。

結局そんなのは、独りよがりな綺麗事でしかなかったわけだけれど。

オーランドの悲痛な声が脳裏によみがえる。一方的に相手を突き放し、後腐れなくお別れしようだなんて、どだい無理な話だったのだ。自分の無神経さに呆れてしまう。恋心を胸の内に秘め、彼の心にさらなる重しを加えずに済んだことだけが救いだ。

黙りこむアナスタシアにレナードはもうなにも言わなかった。

二人して壁際に佇《たたず》んでいると、しばらくして周りが少しざわつきはじめた。漏れ聞こえてくる言葉を何気なく拾えば、お似合い、正式な婚約者、今夜――そうした断片だけでなんの話か分かってしまう。ダンスフロアに目をやると思ったとおり、クラリス嬢とワルツを踊るオーランドがいた。

つきり、と胸が痛む。それでもアナスタシアは静かにそれを受け止めた。これからはこの痛みにも慣れていかねばならない。

社交界を離れたとしても、王子とその妃の話は折に触れて耳にするはずだ。もしかしたら、式典などで二人並んだ姿を目にすることもあるかもしれない。そのたびに悲しみに沈んだ顔をしているわけにはいかない。

どこからともなく向けられた視線が、ちくちくと全身に刺さる。婚約者に選ばれなかった令嬢を憐れんでいるのだろう。もしくは嘲笑っているのかもしれない。不吉な色をその身にもちながら、王太子妃の地位を望むなど、身のほどを知れと。

感情を凍らせるようにして居心地の悪さを耐え忍んでいたとき、二人を遠巻きにしている周囲の輪から抜け出して、こちらに歩み寄る若い男性がいた。

純朴《じゅんぼく》そうな栗色の髪の青年貴族は、真っ直ぐアナスタシアの前にやってきて、にこりと笑った。知らない顔だった。

アナスタシアは軽く眉をひそめ、控えめに不審感を表す。親交があるわけでもないのに、こんな状況でわざわざ自分に近づいてくるのは一体どういうわけだろう。

「ブラッドレイ侯爵家のアナスタシア嬢、ですね？」

「ええ、そうですが……あなたは？」

「私はホジキン子爵家のノーマンと申します。突然お声かけしたご無礼、お許しください」

「それは、かまいませんけれど……私になにかご用でも？」

率直に尋ねると、彼はわずかに隣を気にする素振りを見せた。そばではレナードが二人のやりとりを静観している。

「その……隣の彼は、あなたのパートナーでしょうか……？」

質問で返され、アナスタシアは戸惑う。

「……こちらのお方は、王宮内の礼拝堂で司祭を務めるレナード様です。今夜は父と来たのですが、挨拶回りに出てしまったので、代わりに付き添ってくださっているのです」

簡単に紹介すると、「どうぞよろしく」と会釈し合う。ノーマンと名乗った彼はあからさまにほっとした様子だった。

「よかった。あなたはすでに、特別な相手を決めてしまったのかと焦りましたよ」

特別な相手？

アナスタシアは内心で首を傾げる。表向きは「そんな……」とやんわり応じたものの、いまいち青年の意図が掴めなかった。

しかしふと視線を巡らせてみれば、ほかにも幾人かの男性が、憐れみや嘲りとは異なる感情を伴ってこちらの成り行きを窺《うかが》っている。その瞳に見えるのは焦燥や懸念だ。

もしかして、と思い当たるものがないではなかった。でもまさか。現時点ではアナスタシアはまだ王太子の婚約者候補なのに。

しかし、憶測を裏付けるように、ノーマンが口を開く。

「なら是非、私もその候補に入れていただけないでしょうか。私を選んでくださるなら、必ず幸せにするとお約束いたしますよ――」

胸に手を当て、熱のこもった目でこちらを見つめる。アナスタシアはくらりと目眩《めまい》を覚えた。

つまり、目の前の彼も、周囲の彼らも、自分への求婚者なのだ。もちろん真の狙いはアナスタシアなどではない。宰相家とのつながりだ。どうやらそれは、彼らの目にたいそう魅力的に映るらしい。まだ殿下の婚約者の決定は噂の段階にもかかわらず、我先にとアナスタシアに接触を図ろうとするほどに。

「あの、そう言っていただけるのは、ありがたいのですけれど……」

言葉を中途半端に浮かせて、アナスタシアは俯く。どう言えば角を立てずに断れるのだろう。

噂の内容がやがて現実になるのは間違いないが、アナスタシアが別の男性と結婚することもない。修道女になるのだから。しかし、それはまだ内々の話で、ここで断るための文句として告げてしまうわけにはいかない。

いつもならこんなとき、付添人の父や兄が助け舟を出してくれる。だが、レナードにそこまでは頼れない。

どうしたものかと必死に思考を巡らせていたとき、背中に温かい手が触れた。隣を見やると、口元に笑みを浮かべたレナードの横顔がある。うまく取りなしてくれるつもりだろうか。一瞬だけ期待したアナスタシアは、その紫の瞳に宿る冷ややかな光を目にして絶句した。

レナードはアナスタシアに目をやることなく、ノーマンとその背後の求婚者たちに向き合う。

「大変申し訳ないのですが、あなた方のご希望が叶うことはないでしょう。アナスタシア様は、教会がもらい受けることが決まっておりますのでね」

ゆったりと明瞭な口調でそう言い切り、温度のない微笑みを添える。あたりがしんと静まり返った。

最初に我に返ったのはアナスタシアだ。

「レナード様、なんということを……」

抑えた声でとがめるものの、レナードは飄々《ひょうひょう》としていた。

「事実を教えてさしあげたまでですよ。黙っていたのでは気の毒でしょう？」

「ですが……っ」

言っていいことと悪いことがある。

はじめの衝撃が過ぎ去ると求婚者たちは口々に驚きの声を上げ、場は騒然となった。侯爵家――しかも宰相の娘の教会入りだ。無理からぬことだろう。

しかし、幾ばくもしないうちに再び沈黙が舞い戻る。

「今の話は本当か」

いつの間にダンスを終えて来たのだろう。冷たい空気をまとった王太子が少し離れたところに立っていた。彼の存在に気づいた近くの者たちがさっと道を譲り、こちらとあちらを結ぶように広い空間ができる。

アナスタシアを見据える鋭い目線がちらりと傍らのレナードに移り、苛立たしげに美しい眉が歪んだ。

「オーランド様……」

「どうなんだ、アナスタシア」

厳しい詰問《きつもん》にアナスタシアの背すじが凍《こご》える。敬愛してやまない人から威圧的に問いただされ、脚が震え出しそうだった。これほどの注目の中、動揺をあらわにするわけにはいかない。社交の場にいる限り、アナスタシアは侯爵家の娘なのだ。

毅然《きぜん》とした面持ちで顔を上げると、人々が息を呑む。

「——本当です。私は修道女となり、この夜会を最後に社交界を去るつもりです」

凛として告げれば、オーランドの目が不快そうにすがめられた。

「追って沙汰《さた》すると伝えたはずだが。こちらからはまだなんの通達もしていない。なぜ勝手に話を進めている？」

「そ、それは……」

答えに窮《きゅう》したとき、彼の背後から一人の令嬢が姿を現した。

「オーランド様、突然いなくなってどうされたのです？　なにか気になることでも——」

彼女と目が合った瞬間、アナスタシアはぐっと息を詰める。艶やかな黒髪を肩に垂らした麗人は、先ほどまでオーランドと踊っていた女性——クラリス嬢だった。

反射的に下を向いたアナスタシアとは対照的に、彼女は人々の注目を当たり前のように受け止め、臆することなく周囲を眺め回した。そして流線形の眉をきりりとつり上げる。

「これは……一体どういう状況です？　か弱い女性を大勢で取り囲んで。オーランド様も、ご自分が今どのようなお顔をなさっているか、自覚がおありですか？　頭を冷やすべきでは？」

まさに歯に衣着《きぬ》せぬという表現が的確なもの言いは、アナスタシアを狼狽《うろた》えさせた。これほど率直に目上の者をいさめるなど、自分にはとても真似できない。

オーランドはクラリス嬢の指摘を受け止めて苦虫を噛み潰したような顔をしている。それを目にして、アナスタシアはおのずから悟った。

彼のそばに必要なのは、きっとこういう人材なのだ。不興を買うことを恐れず王をいさめられる人物。それが妃なら、臣下にとってはなによりも心強いだろう。

やはり自分に、出る幕などなかったのだ……。

ぐらぐらと、足元が揺らぐような感覚に襲われる。努力した月日の長さなら、アナスタシアだって負けてはいないはずだ。けれど、クラリス嬢と自分の間には歴然とした差があった。淑女として非の打ち所のない彼女は、人の上に立つ者として堂々とした威厳を備えている。彼女が妃となるならば、みな喜んで祝福するのだろう。一部の貴族から疎《うと》まれてすらいるアナスタシアとは違う。

目の前では完璧に釣り合いのとれた二人がさらに二言三言なにか言葉を交わしている。だが、不思議と中身が頭に入ってこない。まるで外界と自分との間に透明な膜でも張られたように五感が麻痺し、思考がうまく働かなかった。

「とにかく、君の教会入りは保留だ。王家が正式に通達を出すまで、勝手は許さない」

こちらに向き直って断言するオーランドに、アナスタシアは不満を覚えずにはいられなかった。

妃にふさわしいのはいずれの令嬢か、もはや誰の目にも明らかだ。加えてこちらは身を引くと申し出ている。これ以上結論を先延ばしすることにどんな意味があるのだろう。

返す言葉を見つけられずにいるうちに、「まあまあ、よいでしょう」と屈強な影が二人の間に割って入る。

「それぞれの身の振り方に関わることです。いつまでももったいぶって待たせるのは酷《こく》というものではありませんか」

彫りの深い顔立ちに笑みを浮かべてアナスタシアの思いを代弁するようなことを言ったのは、父と同じくらいの年代の男性だ。ティリー侯爵である。クラリス嬢の父親であり、軍務卿でもある彼をオーランドは胡乱《うろん》げに見やった。

「なにが言いたい、ティリー侯爵？」

「恐れながら。早々に結論を知らせてさしあげるのが優しさかと存じますよ」

そこで一度言葉を切り、広間に視線を走らせる。自身に十分な注目が集まっていることを確認した侯爵は重々しく告げた。

「オーランド様の婚約者は、我が娘に決まった、とね」

「お父様……！」

彼の鍛えられた腹筋から発せられる声はよく通り、広間に響き渡った。クラリス嬢の叱責《しっせき》のような悲鳴は、直後湧き上がった歓声にあっさりと呑みこまれる。

王太子の婚約がついに決まった——祝福に盛り上がる人々を、しかし忌々《いまいま》しく一喝したのは当事者たるオーランドだった。

「静まれっ！　今の発言はティリー侯爵の一存に過ぎない」

「果たしてそうでしょうか？　オーランド様はよく理解しておいででは？」

慇懃《いんぎん》無礼なもの言いの侯爵をオーランドは舌打ちしかねない表情で睨みすえた。すぐさま否定で応じられないのは、その発言に事実が含まれているからにほかならない。

ああ、やはり。とうに決まっていたのだ。

もはや何度目か分からぬ諦念《ていねん》にアナスタシアは打ちひしがれる。ならば早くとどめを刺してくれればいいものを。こんなふうにじわじわと痛みを引き伸ばされるのはたまらない。

「——オーランド様」

じっと事態を見守っていたアナスタシアは、そこでようやく沈黙を破った。

静かなれど涼やかに響いた声に、もう一人の令嬢の存在を思い出した一同が一斉に目を向ける。オーランドの青い瞳が自分を捉えたのを確かめたアナスタシアは、ドレスの裾をもち上げると、ゆっくりとした動作で膝を折った。

「クラリス嬢とのご婚約、心から祝福いたします」

「アナスタシア……？　本気で、言っているのか……？」

頬を強ばらせて瞠目《どうもく》する彼の顔をアナスタシアは不思議な気持ちで眺めた。

当たり前だ。こんな言葉、冗談で言えるわけがない。

心の中ではそう言い返したものの、いざなにかを口にしようとすると、ふっと頭から血の気が引いていく。ふらり、と大きく揺れた身体を支えたのは、横から伸びてきた腕だ。頭上から誰かの声が降ってきた。

「失礼。アナスタシア様を休憩室にお連れしても？　お顔が真っ青です」

優しく包みこむような声の主はレナードだ。どうやら自分は、極度の緊張から立ち眩《くら》みを起こしたらしい。

徐々に暗くなっていく視界の中で、アナスタシアの瞳は人々の狭間《はざま》に一人の男性を捉えた。デビューの夜会で一度間近に見たことがある、王弟だった。アイスブルーの強い瞳に射抜かれたところで、アナスタシアの意識はぷっつりと途絶える。ティリー侯爵とレナードが素早く交わした目配せにも、とうとう気づくことはなかった。

第四章　銀の女神と金の王

次に目覚めたとき、アナスタシアは寝台の上に寝かされていた。なんとなく見覚えのある内装から、王宮の客間の一室だと分かる。

上体を起き上がらせると、レナードがちょうど部屋に入ってくるところだった。つかつかと寄ってきた彼は水差しをキャビネットに置く。

「気がついたのですね。体調はよくなりましたか？」

心配の言葉にも、今は素直に頷けない。アナスタシアは起き抜けのぼやけた思考のまま口を開いた。

「私が教会に入ること、どうして口にしてしまわれたのですか」

口調には不満の色がにじんだ。レナードが表沙汰にしなければ、自分が倒れるような事態にはならなかったはずだ。

彼は寝台の端に腰かけ、アナスタシアの顔色を丁寧に確かめている。答えるまでには少しの間があった。

「牽制《けんせい》……でしょうね」

アッシュモーブの瞳が不思議な色にきらめき、アナスタシアの目を引きつける。

「あなたが思っているよりもずっと、教会はあなたのことをほしいと思っているのですよ」

レナードが腰を上げて身を乗り出し、アナスタシアの頤《おとがい》を指先でもち上げる。誘惑するような色香をかすかに感じ、アナスタシアは身を強ばらせた。けれど続けられた言葉は、色っぽい空気とはかけ離れた問いだった。

「始まりの王についてはご存知ですか？」

突然飛躍した話題にアナスタシアは瞳をまたたかせた。

広く知られたその歴史についてはもちろん知っている。どこまでが史実なのかさえ定かでない、神話じみた話だ。

「……基礎教育の最初に習うことですから。初代の国王は、女神にとこしえの繁栄を約束され、この国をおこされたと」

「では、その女神が国王の伴侶に迎えられたことは？　その髪は美しく銀色に輝き、生命の力を宿すという瞳は血のように赤かった。ちょうど、あなたのようにね」

思いもよらぬことを言われ、アナスタシアは目を見開く。煩《わずら》わしいとすら感じていた自分の容姿が、伝説とも謳《うた》われる女神と同じだなんて。

「……初めて聞くお話です」

「一般的に語られることはありませんからね。人とは一線を画す存在として、神のご威光を高めるためです。今では口にすることすら禁じられているので、知っているのは教会で一定の役職をもつ者と、女神の系譜に連なる王族くらいでしょう」

王族……という呟きは口の中で消えていく。彼の蜂蜜色の髪が脳裏をよぎったが、今考えるべきはそれではない。アナスタシアは首を横に振った。

「……それでも、私には王家の血など一滴も流れてはおりません。かの女神の神聖な色とは別物です。教会が私になにか特別な役割を期待されているのでしたら、それにはお応えできないでしょう。私にできるのは、ただの修道女としてご奉仕することだけです」

レナードはまだ思うところがあるようだったが、否定も肯定もしなかった。扉の向こうを気にかける素振りを見せ、アナスタシアの顎にかかっていた指をその上へと伸ばそうとする。

「なぜ人の溢れる広間で内々のことを話してしまったのか、お聞きになりましたね。理由はもう一つあります。私はチャンスをあげたかったのです」

「チャンス……？」

「そう。臆病なあなたの恋に最後のチャンスをね。……とはいえ、大っぴらに教会に背く真似はできませんから。いささか強引なやり方になってしまったことはご容赦ください」

まるで秘め事でも打ち明けるように顔を寄せて囁く。ひんやりとした親指が唇に近づき、その指先は今にもアナスタシアのふっくらとした桃色の皮膚に触れそうだった。しかしその直前で、予想外のところから鋭い声が飛ぶ。

「このような場所で、未婚の令嬢にみだりに触れるとは。どういうつもりだ、レナード司祭」

扉が勢いよく開かれ、見たことがないほど険しい顔をしたオーランドが部屋に飛びこんできた。人を殺せそうな鋭い眼光を目にしてアナスタシアはひゅっと息を呑む。だがレナードは顔色一つ変えなかった。悠然とした動作で立ち上がり、オーランドへ向き直る。

「顔色が戻ったか確かめていただけですよ」

いつもどおりの穏やかさで答えた。後ろ暗いことなどなにもないかのようだ。実際、なにもなかったわけだけれど。

「王子様がいらっしゃったなら、私はお役御免ですね」

そう言って暇《いとま》を告げると、レナードは平然とオーランドの脇をすり抜け、廊下に出ていく。

取り残された二人に気詰まりな空気が降りた。

しかし、扉が完全に閉ざされると、オーランドは弾かれたように寝台に駆け寄り、傍らにひざまずく。大きな手が伸ばされて、アナスタシアは反射的に身をすくめた。

怯えたわけではない。どうしていいのか分からなかっただけだ。けれど、それだけで手の動きは止まり、離れていった。触れられないことを寂しく感じる自分に気がつき、アナスタシアは目を伏せる。

これでいいのだ。自分はもう、婚約者候補ですらない。触れ合うなんてこともしてはならない。

静まり返った室内に、ぽつりと彼の呟きが落ちた。

「レナード司祭のことが、好きなのか」

「え……？」

「それとも、僕と結婚するのが、それほどいやだった？」

アナスタシアはオーランドの顔を凝視した。こちらを見上げる彼の表情は、ひどく苦しそうだった。

レナードのことが好き？　誰が？

——私が？

「どうして、そのようなことを……？」

「ずっと考えていたんだ。どうして突然、妃候補を辞退するなんて言い出したのか。まさか、修道女になるとまで決めてしまっていたとはね……驚いたよ」

眉を下げて苦笑する。その表情は、とても「驚いた」だけのようには見えなかった。

「あの……このたびのこと、勝手に決めてしまって、申し訳ありません。レナード様は、関係ないのです。辞退も教会入りも、私の問題で……私自身で決めたことです」

「そう、だったね……君は、自ら選んだんだ……」

別の男性との仲を疑われたくなくて否定した。けれど、アナスタシアの言葉はさらにオーランドを傷つけてしまったようだ。

なかば独り言のような相づちは切ない響きを伴う。彼の口元が自嘲的に歪んだ。

「謝罪の必要はないよ。僕らの間には、なんの約束もなかったのだから」

なら、どうしてそのようにつらそうな顔をするのだろう。

約束――アナスタシアはその言葉を口の中で転がす。

そう、私はそれがほしかったのだ。

二人の間に確かなものがあれば、どんな苦難も乗り越えられたはずだった。けれど結局、それが与えられることはなかった。

「僕は……君も、僕のことを好いてくれてるんじゃないかって、期待してたんだ。自惚《うぬぼ》れだったみたいだけれど」

苦い口調で吐き捨てられた言葉を耳にして、どくん、と身体の真ん中で鼓動が跳ねる。

今の言い方ではまるで、オーランドがアナスタシアを好いていたみたいだ――嘘よ、そんなの！

アナスタシアは即座に否定した。

これまでだって、もしかしたらと感じるものがなかったわけではないのだ。

自分に特別優しいオーランド。柔らかな話し方、気さくな微笑み、丁寧なエスコート。ダンスの最中に目が合えば、青い瞳の奥に情熱の灯が見える気がした。ほかにも、たくさん、たくさん――君のことが好きだとほのめかすような言葉と態度。

けれどそれが、一体なんだと言うのだろう。

はじめはそれらすべてに胸をときめかせていたアナスタシアも、社交界に慣れていくうちに悟った。こんなのは、日常的に繰り返されている男女の駆け引きに過ぎない。口先で恋愛遊戯のようなことをしてみても、現実的な関係を進めようとはしない時点で、オーランドの本心は決まっている。

彼は、アナスタシアを好いてはいないのだ。

期待を寄せては失望した日々を思い出し、悲しみに心は凍りついていく。

「――そのように気をもたせることを、クラリス嬢にもおっしゃったのですか？」

「クラリス？」

不意をつかれたように、オーランドは目を丸くした。

「言わないよ。君にしか。当たり前だろう？」

アナスタシアが沈黙すると、オーランドは表情を消す。

「まさか――まさか僕が、誰にでも甘い言葉を囁くような男だと思っていた？」

心外だと言わんばかりの反応にアナスタシアは眼差しを険しくした。

「オーランド様は、思わせぶりなことはなさっても、決定的なことはなにもおっしゃってくださいませんでした。一年の間、ずっと。本気ではないと思うのも当然でしょう？」

「それは……違う」

にわかに真剣な顔をしたオーランドは、シーツの上にあったアナスタシアの手を切羽詰まった様子で掴んだ。無意識に逃れようとした動きは強い力で押さえつけられ、ぐいと引き寄せられる。ひと息に縮まった距離に、アナスタシアは息を呑んだ。

「言わなかったんじゃない――言えなかったんだ！　伯爵家の不正の確固たる証拠を掴むまで、婚約者を決めることはできなかった。伯爵家を刺激するなと父上に釘を刺されていたんだよ。もどかしかった……僕は、ずっと、君に――」

「オーランド様……っ」

自由なほうの手で、咄嗟《とっさ》に彼の口を塞ぐ。突然知らされた事実に心が乱れる。どうして今、そんなことを言うのだろう。

伯爵家の令嬢は、確かに彼の婚約者候補の一人だった。不正を犯してまで権力を握ろうとした伯爵だ。娘を王家に嫁がせるためならどんな行動を起こすか分からない。だから、陛下の指示は決して間違いではない。それは理解できる。

それでも――だからこそ。

今聞かされたって遅すぎる。

「あなたはもう、クラリス嬢をお選びになったのでしょう？　今さらこんなお話をしても……意味がありません……。それに、私は……オーランド様の言葉をどこまで信じていいのか分からないのです……」

期待と失望を繰り返した過去が、アナスタシアの心を頑《かたく》なにさせる。オーランドは口元に置かれた手を引き剥がし、強い口調で断言した。

「すべて真実だ。君に嘘などついたことは一度もない。クラリスとのことだって僕は了承していない。信じてくれ！」

「……」

「アナスタシアっ」

荒々しく腕を引かれたかと思うと、力強く抱きすくめられる。間近に感じる愛しい人の体温に心臓が痛いほど高鳴った。

家族以外の男性にこんなふうに抱擁されたことはない。いや、家族だって、こんなに強く抱きしめたりはしない。こんな――感情を切実に訴えるようには。

「離してくださいっ、オーランド様……っ」

身をよじっても、か弱い抵抗は簡単に押さえこまれ、腕の戒《いまし》めはさらに強くなる。オーランドの頬がこめかみに擦りつけられるのを感じる。吐息が耳にかかって、ぞくりとなにかが背すじを這い上がった。

「君を妃に迎えられる日を、僕がどれほど心待ちにしていたかなんて、君はまったく知りもしないんだろうね……」

声音《こわね》ににじむ苦悩があまりにも胸に迫り、抵抗を弱めてしまう。腕の力を緩めたオーランドがすがりつくような眼差しでアナスタシアを見つめた。

「僕のことが嫌い？」

懇願の響き。頭が混乱する。

「あ……私……」

どう答えればいい？

とにかく離れていただかなければ。でも。

「嫌いなら言ってくれ。そうすれば君には二度と近づかない。誓うよ」

口ではそう言いながらも、彼の燃えるような瞳は別の答えを切望している。

「そんな……そんなのずるい……です。そんなふうに言われて、嫌いなんて、言えるはずないではないですか……」

「なら、好き？」

「……」

「答えて、シア」

ここで、その名を呼ぶのか。

いつの頃からか呼ばれなくなっていた、幼き日にオーランドがくれた呼び名。心の奥で寂しく感じながら、仕方がないと諦めてきた。

同時に思い出されるのは礼拝堂のステンドグラス。赤い瞳が好きだと彼が言った。前髪を切って、前を見て――アナスタシアの瞳に映るもののすべては、オーランドに与えられたものだ。

泣き出したい気持ちに駆られながら、正直な想いを告げるほかに、一体なにができただろう。アナスタシアは震える吐息をこらえ、か細い声を吐き出した。

「はい……お慕《した》いしております、オーランド様……」

口にした瞬間、狂おしいほどの抱擁に捕らえられた。

「シア……僕もだ。好きだ……愛している」

彼の腕がぎゅうぎゅうとアナスタシアの身体を締めつけ、熱っぽい言葉が次々と囁かれる。その一つ一つが胸に込み上げ、とうとう涙となってこぼれ出した。

「ほんとう、ですか……？」

自らも広い背中に手を回しながらおそるおそる問いかける。頬を伝い落ちた涙が礼服の肩にぽたぽたと染みこんでいく。

本当に、信じてもいいのだろうか。自分の勘違いではないのか。これまで幾度も繰り返した自問をオーランドはあっさりと切り捨てる。

「もちろん。君に嘘なんてつかないよ」

とろけるように優しく微笑んだオーランドの指が顎をすくい上げ、二人の視線が交差する。彼の瞳が間近に迫り、アナスタシアは自然と目蓋《まぶた》を閉じた。

初めてのキスは、甘美な味がした。

ああ、この人は、ほかの人と結婚するかもしれないのに……

アナスタシアの不安を読み取ったかのように、オーランドの手が優しく髪を撫でる。

「大丈夫だ。婚約のことは僕がなんとかする。君が心配することはなにもない」

唇を触れ合わせたまま紡《つむ》がれるのは砂糖菓子のように甘い声だ。アナスタシアの思考をだめにする。

事態はそれほど楽観視できるものではない。本人たちの気持ちとは裏腹に、夜会に集まった貴族の大半はクラリス嬢が王太子妃になると思っている。対面した際の口ぶりからして、ティリー侯爵が譲歩することはなさそうだ。アナスタシアの教会入りはまだ正式な手続きを踏んでいないからどうとでもなるが、レナードには迷惑をかけてしまうだろう。

それでもアナスタシアは、オーランドに促されるまま寝台に横たわった。この先に待つ行為がどういった意味をもつのか、十分に理解していた。それでも。

どうせ自分が彼以外に嫁ぐことはない。教会にだって、修道女が処女であらねばならないなどという規則はない。

ならば、今ここで彼と交わることに、どんな問題があると言うのだろう。

――こんなことが露呈すれば、悪評が立ってお父様に迷惑をかけてしまうかもしれない。

そんな可能性がわずかな躊躇を生んだが、やはりアナスタシアにはオーランドを受け入れる以外の選択は考えられなかった。

もしかしたら、これが最初で最後の機会かもしれない。ならば今だけは、彼を感じていたい。

未知の行為に対する恐れを誤魔化すように、アナスタシアはオーランドにすがりついた。

再び重なった唇は、羽のような軽い触れ合いだった先とは打って変わって、濃密な交わりとなった。頬を捕らえて引き寄せられたアナスタシアは、彼の情熱に溺れるような感覚に陥《おち》った。

「ふ……んぅ……っ」

思わず吐息を漏らせば、もっととねだるように下唇を食《は》まれる。唇の狭間《はざま》を舌先でつつかれ、おずおずと内側に迎え入れると、ぬるりと侵入してきた舌が己のそれを絡め取る。あまりにも生々しい感触にアナスタシアはわななないた。

オーランドの優しくも強引な舌使いはたちまち狭い口内を征服してしまう。他者に自身の内部を探られる初めての感覚は、かろうじて残っていたアナスタシアの冷静さを完全に奪い去った。

上顎のざらざらした部分をくすぐられると、思わず喉が鳴る。甘えるような高い声が自分のものとは信じがたくて頬が熱をもった。

「可愛いよ、シア……」

上体を起こしたオーランドがぺろりと唇を舐め、恍惚とした眼差しで見下ろしてくる。

クラヴァットを緩め、脱いだ上着とまとめて寝台の下に放ると、今度はアナスタシアの首筋に吸い付いた。ちゅっちゅっと音を立ててキスを落としながら、片手でドレスの胸元を探る。もう一方の手は夜会用にまとめた髪をあっさりと解き、真っ直ぐな銀の髪をシーツの上に散らした。

開いた襟ぐりから手を差しこまれたアナスタシアはすでに涙目だ。

女性的な魅力に欠ける控えめな胸がオーランドの手中でやわやわと揉まれている。彼の指先が柔肌の上を滑るたびにこそばゆい痺れが走り、ぴくぴくと反応してしまう。喉に力を込めても、甘ったるい声が漏れ出すのを止められない。

「待って、ください……オーランド様……」

背中側に回った手が隠れたボタンを外して身頃を引き下げ、内側のコルセットに触れたとき、とうとう制止の言葉が口をついた。双丘の谷間に口づけようとしていたオーランドがぴたりと動きを止める。

「性急だった……？　ごめん、抑えがきかなくて」

照れくさそうに目を逸らす。その頬はかすかに赤らんでいた。目を凝らさねば分からぬ程度ではあったが。

「ち、ちがうんです……そうじゃなくて、その……」

思わず否定してから、いや違わない、と内心で思う。でも違うのだ。

初心者としては確かに、ゆっくり進めてほしい気持ちはある。だが、状況が状況なのでそこは覚悟を決めている。だから心にひっかかるのは別のことだ。

アナスタシアは不安と不満を交えてオーランドを見上げた。

「そんなに、余裕があるのは、どうして……？」

自分はこんなにもいっぱいいっぱいなのに、彼の手つきは憎らしいほど滑らかだ。ドレスを脱がす流れにも戸惑いが見えない。自身の着替えですら使用人の手を借りる身分のはずなのに、女性の衣服の構造などどこで知るのだろう。

手慣れていらっしゃるのかしら……

将来の約束もなく女性と関係をもつなど、彼に限ってはありえないと思うのに。こうも自分ばかり狼狽《うろた》えさせられてしまうと、穿《うが》った見方をしてしまう。

再度アナスタシアと目を合わせたオーランドは、意外そうに瞳を大きくした。

「そう見えているなら、嬉しいけど……。僕だって余裕なんてないよ。初めてだからね」

気にかかっていた部分をピンポイントに言い添えられ、顔全体がかっと熱くなる。

「そ、そのわりにはっ……脱がせるのに躊躇がなさすぎますっ」

可愛くない言い方をして、恥ずかしさのあまり両手で顔を隠して横を向く。

オーランドがそう言うからには実際初めてなのだろう。ほんの一瞬、ほんの少しでも疑ってしまったことが申し訳ない。

アナスタシアはその体勢のままじっと相手からの反応を待っていたが、いつまで経ってもかすかな身じろぎの気配さえなかった。思わず横目で窺《うかが》えば、気まずそうに口元に手を押し当て、ありありと頬を染める彼がいた。

「どうして、オーランド様が赤くなるのですか……」

自分も負けず劣らず赤くなりながら尋ねると、オーランドは戸惑った様子で目を伏せる。

「そりゃ……いつか君とこうなることを期待して、いろいろ……調べたりはしていたわけだから……」

ひどく小さな声で決まり悪そうに白状され、アナスタシアはあわあわと無意味に口を開いた。

つまり彼は――以前から自分をそういう対象として見ていて、そのための準備をしていた？

それだけ想われていたというのはなんとなく嬉しい気がするものの、内容が内容なだけに素直に喜んでいいのか分からない。ただひたすらに面映《おもは》ゆい。

調べたって、なにを。どうやって。

想像しそうになり、慌てて打ち消す。女の側にも、殿方に踏みこまれたくない領域はある。殿方にとってのそれがこれなのかもしれない。

「あ……あの、すみません……変なことを、聞きました」

「いや……いいよ。これで疑いは晴れた？」

苦笑交じりに問われ、アナスタシアはこくこくと懸命に首を縦に振った。

「ならそろそろ、続きに戻ってもいいのかな。……これからってところで焦らすなんて、シアは意地悪だね」

後半は吐息を混ぜた艶っぽさで小さな耳元に囁き、彼はあっさりとドレスを引き剥がす。そんなつもりはないと反論したかったが、一枚ずつ確実に減らされていく衣服が心もとなくて、言葉を紡《つむ》いでいる余裕はなかった。

コルセットの留め金に触れた彼は、優しく微笑む。

「こんなに締めつけなくても、君の腰は十分細いと思うよ」

「だって……そうしないと、胸やお尻のおうとつが全然ないのです。男の方は曲線のはっきりした身体が好きなのでしょう？」

「一般的にはそうかもね」

そう口にしつつ、彼はコルセットの背中できつく結ばれた紐を緩める。脱がすだけなら留め金を外せば済むことなのに。専属の侍女もいないこんな場所で、次に着るときに一人でうまく締められるだろうか。心配になってしまう。

まさか、オーランド様のお手を借りるわけにもいかないし……

彼の狙いはまさにそこにあるのだが、羞恥で余裕を失ったアナスタシアはそこまで頭が回らない。

ぎちぎちに張った紐の一本一本が丁寧に緩められていく。オーランドが細かな編み上げに集中して黙ると、互いの呼吸と衣擦《きぬず》れの音だけが室内を満たす。

しゅる、とかすかな音が響くたび、すべてを彼にさらけ出す瞬間が近づくのを意識して、緊張に震えた。横向きに寝転がった姿勢で背中を向けているので、オーランドの動きや表情を目で確かめることができない。シーツをきゅっと握って胸元に引き寄せ、ただひたすら背後にある彼の気配と肌の感触に集中するほかはない。

永遠にも思える時間のあと、ようやくオーランドの指が一番下の紐にたどりつくと、肌に密着していたコルセットが力尽きたように弛緩した。お腹の前あたりにあるホックを外されて、身体の下からコルセットを引き抜かれれば、アナスタシアの身を守るのは綿のシュミーズとドロワーズだけだ。

シーツで胸を隠そうとすると、やんわりとした手つきで腕を脇へ追いやられた。次いだ動作で、シュミーズの裾を首元までたくし上げられる。

「……っ」

彼の眼前に乳房がさらされて、限界を超えた恥ずかしさに目蓋《まぶた》を閉ざした。真っ暗な世界で、彼がうっとりと吐き出したため息が聞こえる。

「シア……綺麗だ……」

呟きが耳に届いたかと思うと、ふくらみの頂点が濡れた感触に包まれた。口に含まれたのだ。理解が追いつくと同時にアナスタシアの身体はぴくんと跳ねる。肉厚な舌に弾かれて、じんともどかしい感覚がお腹の奥に湧き上がる。脚の間がむずむずして、アナスタシアは思わず膝を擦り合わせた。

柔らかな二つのふくらみを交互に愛でていたオーランドはすぐさまその仕草に気づき、にやりと口角を上げる。

「ここがもどかしい？」

布越しの恥丘につと指先が這わされる。

「あ……わ、わかんない……です……っ」

必死に首を横に振ると、大きな手がドロワーズの中に忍びこんできて、アナスタシアは小さく悲嗚を上げた。

「大丈夫だよ。身を任せて」

口先では優しいことを言いながら、指先は容赦なく秘められた溝へともぐりこむ。

その突起に触れられた瞬間、背中がびくんと弓なりに反り返った。

「あぁ、んぅ……っ」

それまでとは比べものにならない熱い衝撃が、鋭く背すじを突き抜ける。触れられているところがじんじんと疼いて、いてもたってもいられない心地にさせられる。

乱れた呼吸でアナスタシアは呆然と呟いた。

「はぁ……い、今のは……？」

「君の一番敏感なところに触れたんだよ。——ほら、濡れてきた」

くすくすと嬉しそうに笑みを浮かべながら、オーランドは指先で秘所を探る。

「ぬ、濡れるって……？　ぁんっ」

「気持ちよくなると、女性はここから蜜を出すんだよ。シアが感じてくれて嬉しい」

少年のように破顔《はがん》して、そこをかくように何度も指で弾く。アナスタシアの唇からは子猫のようにか細い啼《な》き声が上がった。

彼の指が動くたびにあの熱い衝撃が身体の内側を駆け巡る。しかもその熱は、発散されることなく腰のあたりにわだかまり、徐々に温度を高めてじりじりとした渇望を生み出した。

オーランドの手によりすでにかつてないほど乱れさせられているのに、もっとしてほしいような心持ちにもなってしまい、経験したことのない感情にアナスタシアは混乱する。

――これが、気持ちいいってこと……？

そんな初心《うぶ》な戸惑いも、優しく淫らな指使いが間断なく送りこんでくる熱によってあっさりと押し流される。

アナスタシアの身の内から出たという蜜によって滑りがよくなると、彼の手の動きはさらに大胆さを増していった。そうしてさらに蜜は溢れていく。

「汚れてしまうから、こっちも脱がすよ」

オーランドがそう言ってドロワーズを引き抜いたときにはもう、アナスタシアは寝台にぐったりと横たわり、未知の感覚に翻弄《ほんろう》されるがままだった。

脚を押し開かれ、ようやく自分が一糸まとわぬ姿であることを悟る。

狭間《はざま》に隠された部位をオーランドに凝視されていることに気づき、慌てて脚を閉じようとした。が、閉じられない。それどころか逆に、膝裏にかかった彼の手に力がこもって、さらにあられもない角度に開かれていく。

「いやっ、だめです……見ないで……」

いやいやと懸命に訴えるが、オーランドは陶然とした様子で、アナスタシア自身ですら目にしたことのない場所を熱心に見つめていた。その目元が赤く染まっている。

「ああ、ごめん、シア。でも、これは……その、すごい……」

エロい、と彼の唇が小さく動くのを見てしまい、アナスタシアは泣きたくなった。

こんな恥ずかしいことを世の中の夫婦はみんなやっているのか。本当に？　信じられない。

唇を噛んでじっと羞恥に耐えていると、ふっと温かい吐息がかかってアナスタシアは瞠目《どうもく》した。

いつの間にかオーランドの顔が陰部へと埋められて、今にも唇でそこに触れようとしていたのだ。

「オーランド様！　それは、だめです！　汚い……っ」

アナスタシアの必死の制止などオーランドは気にもとめない。

「君に汚い場所なんてないよ」

「あります……からっ」

抵抗の甲斐もなく、温かい舌が愛液を絡めてぬめぬめとそこを味わった。ほんの少しざらついた表面に粘膜を擦られ、じわじわとした快楽に身を焼かれる。蜜と唾液が混ざり合い、ぴちゃぴちゃと響く音にすら、性感を高められてしまう。

「あぁっ、んぅ……やぁん……っ」

喉から溢れ出る声が抑えられない。

自分の身体はおかしくなってしまったのだろうか。お腹の奥が疼いて仕方がない。あんなところを一国の王子に舐めさせるなんてとんでもないと思うのに、もっとと欲してしまう。与えられる刺激が強くなるほど、彼を求める気持ちも切実なものになっていく。

――もっと、確かなものがほしい。このお腹の奥の空虚さを埋めてほしい。

アナスタシアの中にある雌の本能が切なさをこらえきれなくなったとき、唐突に、ぬるり、となにかが体内に押しこまれる圧迫感を覚えた。

「――んっ」

驚いて身を縮こまらせると、収められたなにかの形をよりはっきりと感じてしまう。ずっと触れてもらいたかった場所はそこなのだと、ふいにアナスタシアは気づいた。

「そんなに締めないで……まだ指を一本入れただけだから。痛みはない？」

優しく問いかけるオーランドだったが、その声はやや上擦って呼吸は速い。

「痛くは……ないです。でも、なんだか変な感じです……」

「じきによくなるよ。少しだけ、我慢して」

言いつつ、内側を検分するように長い指でかき回す。

アナスタシアにはもうなにがどうなっているのか分からなかった。

恥ずかしいし、もちろん怖い。早く終わってほしい気持ちすらある。なのに、彼の指が奥の奥を突いたり、手前のお腹側を押したりすると、悩ましげなため息が出て、もっと熱くて大きなものでぐりぐりしてほしいなんて思ってしまう。

動かされても痛みがないと分かると、安堵《あんど》で力が抜けたのか、最初の圧迫感は徐々に薄らいでいった。それはオーランドにも感触として伝わったらしく、指の動きは探るような慎重なものから、中を慣らすためのものに変化する。それに合わせてアナスタシアもだんだん上手に膣内で快感を掴み取れるようになっていった。

そのうちに指が増やされたけれど、一本目ほどきつくはなかった。蜜でとろとろにほぐれきっていたおかげかもしれない。新たに追加された指は、ぬるんっと驚くほど容易に最奥まで達してしまった。

「は、オーランドさまぁ……あん、そこ……」

「シアは奥がいいんだね」

「やぁん……」

二本の指で奥を圧されれば、アナスタシアは淫らな嬌声を上げて身悶えしてしまう。お腹にぎゅっと力がこもって、自分の内部を探る長い指をまざまざと意識してしまう。

吐息の合間にときおり交じる甘くとろけた自分の声にも少しずつ慣れてきた。たぶんとてもはしたないことなのだけど、止められないのだからどうしようもない。

ただひたすらきゅうきゅうと彼の指を締めつけて、きゅんきゅんと甘美な刺激に酔いしれる。

「あ、はぁ……ぁう……っ」

とうとう三本目を挿しこまれ、腰のあたりで熱を高めるじりじりとした疼きにいよいよ耐えかねたとき、内側を圧迫していた指がずるりとまとめて引き抜かれた。

「あうっ……は……っ」

いきなりのことに高い声を上げて見やると、蜜にまみれた指を舐めて清める彼がいた。長く綺麗な指が淫靡《いんび》に艶めく。

かぁっと顔に血を上らせるアナスタシアを視界に収めて、オーランドはふっと頬を緩めた。とてつもなく麗しい、色気をまとった笑みだった。

「そろそろ、僕を受け入れてくれる？　少し苦しい思いをさせてしまうかもしれないけれど」

ゆっくりとした所作で体重をかけぬようにアナスタシアに覆いかぶさり、自身の下半身に手をやる。偶然ちらりと見てしまったソレはあまりにも強烈な見目で、アナスタシアはぎこちない動きで目を逸らした。

あれが、私の中に……

表面に血管を浮き立たせ、雄々しく屹立するそれが美しいオーランドの一部だなんてとても信じられない。なのに自分の中に受け入れることを想像すると、なぜかさんざんいじられた秘所がひくんと震える気がした。

「あ……っ」

そうこうしているうちにオーランドの雄が入り口に擦りつけられる。想像以上に熱くて硬い。ずっしりとした質量をもったそれがぐっと押しこまれて、自分の中が強引に開かれていく。

「くっ……」

「オーランドさま……っ」

すがるものを求めて彼の首元に抱きつくと、あやすように頭を撫でられた。そのまま少しずつ、アナスタシアの反応を窺《うかが》いながら彼は奥を目指して腰を押し進める。

丹念《たんねん》に指で慣らしたとはいえ、挿入はさすがにスムーズにはいかなかった。痛みを生じるまではいかないまでも、みっちりと内側を押し広げる男性器の太さは、処女の恐怖心を煽《あお》るには十分だ。身体が緊張すれば、そのぶん圧迫感はひどくなる。

アナスタシアがしがみつく腕の力を強めると、オーランドが心配げに動きを止める。

「大丈夫？　痛いなら正直に言っていいんだよ」

「いいえ……ちょっと、苦しいですけど……痛みは、ないです……ん……っ」

アナスタシアの硬い様子に、オーランドはわずかに躊躇する素振りを見せたが、ゆっくり進めてもいたずらに苦痛を引き伸ばすだけだと思ったらしい。

「痛くなったら、すぐに言うんだよ」

そう告げると、やや強引に未開の隘路《あいろ》へと屹立を押しこんでいった。

アナスタシアは瞬間的に強烈な圧迫感を覚えたが、先端の太い部分が過ぎると、入り口を無理に広げられるような苦しさはなくなったので、あとは比較的楽だった。

そうしてやがて一番深い壁を熱い先端で突かれると、肌が粟立《あわだ》つような痺れが全身を襲う。不思議な感覚にしばし呆然としたアナスタシアは、ぽたりと目尻から落ちた涙のしずくで、己の胸を支配するこの気持ちが歓喜なのだと理解した。

幼少の頃からお慕《した》いしていたお方と、私は今一つになっている——

その事実は、言葉では言い表せないほどの感動をアナスタシアにもたらした。逞《たくま》しい肩に顔をうずめて涙をこぼすと、彼の手もまたアナスタシアの背中に回り、二人の身体はこれ以上ないほどぴたりと重なった。

「シア……好きだよ。大好きだ……」

耳にかかる吐息の熱さに、無意識にきゅんとお腹の奥が反応してしまう。彼の喉がもどかしそうに唸り、かすかに腰が揺らぐ。しかし動きはすぐに止まり、代わりに気遣わしげな謝罪の声がかけられた。

「ごめん……君の中、気持ちよすぎる……」

「私は、大丈夫です……どうぞオーランド様のお好きなように動いてください……」

オーランドを見上げ、アナスタシアがおずおずと告げると、彼は耳まで赤くなった。

「シア……っ、そういうことは、言ってはだめだ……っ。せっかく、必死で、我慢しているのに……」

片手で顔面を押さえ、オーランドは天井を仰ぐ。アナスタシアはその腕を両手で捕らえて頬を擦りつけた。

「我慢など、必要ありません……すべて私に……お与えください……」

「君は……っ！」

叱責《しっせき》のような声が飛ぶと同時に、アナスタシアの両腕がシーツの上に押さえつけられた。言葉の続きは唇の狭間《はざま》に消えていく。荒々しい舌の動きが呼吸さえも奪い去り、アナスタシアの口端から唾液がこぼれ落ちた。

「んっ、んぅ……っ、ぁっ、んむぅっ！」

口腔《こうこう》の刺激に夢中になっていると、乳房の先をきゅっとつねられて腰が跳ねる。それに続けるようにして、彼が律動を始めた。ずんずんと突き出す動きからは遠慮が消えている。

「はぁっ、く……っ、シア、好きだ……っ」

うめきながら腰を振りたくり、再びアナスタシアの唇を塞いで、乳首をこね回す。

複数の敏感な部位を同時に攻める行為は無垢な乙女の許容量を完全に超えていた。アナスタシアはもはや与えられる快楽にびくびくと身体を震わせ、意味をなさない嬌声を上げることしかできない。

オーランドの太いそれが何度も狭い膣道を出入りして、満たされるような心地よさが全身に広がる。身体が熱い。目の前がちかちかする。淫らな快感に溺れて今にもどうにかなってしまいそう。身体の奥から圧倒的ななにかが迫りくる。だめ、怖い——そう思ったときにはすでに頂点を極めていた。

「あ、あぁ——っ！　はっ、はっ……はぁ……っ！」

秘筒の行き止まりをぐりぐりと圧迫され、舌を吸われたアナスタシアは、がくがくとその身を痙《けい》攣《れん》させる。

汗のにじんだ額にキスを落としたオーランドもまた低くうめき、アナスタシアをぎゅうと抱きしめて動きを止めた。お腹の奥に熱いものが広がる感覚がある。彼が吐精したのだ。アナスタシアの中で。

色濃くあとを引く絶頂の余韻と胸に湧き上がる喜びで涙が止まらなかった。ぽろぽろとしずくを溢れさせていると、自身を引き抜いたオーランドが繊細な手つきで頬を拭う。

「シア、ごめん……我慢できなかった……」

眉を下げた彼は、ひどく申し訳なさそうにうなだれた。アナスタシアはぐったりと横たわったまま静かに首を横に振る。

「ちが……違うんです……この涙は。その、嬉しいから……。オーランド様と、こうして交わることができるなんて、夢のようです……」

「現実だよ、シア。夢になんてさせない」

もう何度目か分からぬ熱い抱擁を受けて、アナスタシアはその厚い胸板に頬を擦り寄せる。間近で触れ合うことすら今夜が初めてだったはずなのに、オーランドの体温はもう肌に馴染みはじめていた。

このぬくもりを手放したくない。アナスタシアは切実に願った。今夜が永遠に終わらなければいいのに。

そうすれば、たとえ夢でも覚めずにいられるでしょう？

「もっと……ください。オーランド様……」

現実を忘れたい一心ですがりつくと、彼は一瞬苦しそうな顔をして、アナスタシアに口づけした。

「決して君を離さない」

青い瞳に情熱の炎を滾《たぎ》らせて、オーランドは再び華奢《きゃしゃ》な身体を組み敷いた。

第五章　色と役割

早朝、オーランドは自身の隣で眠るアナスタシアの寝顔を眺めていた。

夜明け前の薄暗がりの中でも彼女は輝くように美しい。けれど今は、目蓋《まぶた》を閉じた愛らしい顔にわずかな不安の色がのぞいている。そんな顔をさせている原因の一端は間違いなく自分にあった。

『こんなことになるなら、殿下の妃にアナスタシアを推したりはしませんでした』

エリオットから厳しい口調で非難された日のことは、いまだ記憶に新しい。アナスタシアが妃候補を辞退するという話を陛下から聞き、動揺を抑えきれず、エリオットを問いただしたときのことだ。

オーランドはてっきり、ティィリー侯爵あたりが手を回したのだと思っていた。クラリスを王太子の妃にし、アナスタシアを教会に入れようと、ティィリー侯爵と教会が結託《けったく》していることを知っていたからだ。それでも自分の想いさえ揺らがなければ、外野の思惑などは大した問題ではないと踏んでいた。

第三の妃候補だった令嬢の伯爵家に浮上した疑惑への対応に追われて、婚約の話を進めることはできなかったけれど、言葉や態度で好意をそれとなく伝えるたび、アナスタシアからはまんざらでない反応が返ってきていた。だから、伯爵家の問題が片付けばすぐにでも婚約を取りつけるつもりでいたのだ。

なのに、そこへ来ての辞退。

なにかの間違いに違いない。きっとこれは、アナスタシアの意思ではないのだ。そう自分に言い聞かせて、エリオットを問い詰めた。そして先の台詞に戻る。

『アナスタシアは……苦しんでいました。自分は――自分の容姿は、殿下の妃にふさわしくないのではないかと。クラリス嬢と常に比較され、社交界も妹にとっては決して居心地のいい場所ではありませんでした』

彼の口からそう聞かされたとき、オーランドは自分の至らなさを思い知った。

どうして辞退という決断をする前に言ってくれなかったのだ。そう文句を口にするのは、すんでのところでこらえた。

臣下の分を生真面目なまでに弁《わきま》えているエリオットだ。妃の選定には政治的な事情も大いに絡む。アナスタシアについてオーランドに迂闊《うかつ》になにかを話せば、立場を利用して王太子に便宜を図るよう迫ったと言われないとも限らない。

それでも友としては、先に言ってほしかったというのが本音だった。

一部の貴族がアナスタシアの容姿を毛嫌いしていることは分かっていた。けれど、身を引こうと考えるほど彼女が思い詰めていたとは知らなかった。

オーランドがアナスタシアの顔を見られるのは舞踏会などの社交の場だけだったから、気丈に振る舞う姿に安心してしまっていたのだ。きっと、ブラッドレイ侯爵やエリオットには違う彼女が見えていた。その彼らがなにも言わず辞退を認めた。アナスタシアはそれだけ傷ついていたのだ。

『どうして守ってくれなかったのですか。私は正直迷っています。殿下に妹を任せてもよいものか。だから、父の判断にも、アナスタシアの決断にも、口を挟むことができなかった』

そんなふうにエリオットが不満をいだくのも無理はない。まだ少年であった頃、アナスタシアを妃にしたいと願い、ブラッドレイ侯爵への口添えを彼に頼んだのは、ほかでもないオーランドなのだから。

致命的だったのは、伯爵家の調査が一部の者たちの間で極秘に行われていたことだ。そのために、調査の間はオーランドの側に縁談を結べぬ事情があったことを、ブラッドレイ侯爵家の人間は知らなかった。アナスタシアをつなぎとめようとするオーランドの言動は、気をもたせて弄《もてあそ》んでいるように受け取られていた可能性すらある。

どうして微笑みの裏に隠された不安を察してやれなかったのだろう。アナスタシアは、オーランドの言葉をどこまで信じていいのか分からないとさえ言った。今までどれほどつらい気持ちを我慢させていたのか、想像するだけで胸が痛くなる。

二度とこんな失敗はしない。

アナスタシアの静かな寝顔を見つめてオーランドが固くこぶしを握りしめたとき、控えめなノックの音が部屋に響いた。上着を羽織って扉を開けると、廊下には予想どおりの姿がある。

「おはよう、エリオット。できればもう少し遅い時間に来てほしかったのだけど」

軽い調子で呼びかけたのは、小言の一つでも返ってくるだろうと予想したからだ。婚前交渉が明らかなこの状況を前にすれば、アナスタシアの兄として言いたいことくらいあるはずだ。

しかし、エリオットは黙って胸に手を当て、恭《うやうや》しく腰を折った。

「エリオット……？」

怪訝《けげん》に思って呼びかけると、緑の瞳がこちらを向く。

「陛下がお呼びです」

「ああ……」

用件そのものは意外でもなんでもない。

朝になれば、使用人からの報告を通して、オーランドが自室に戻っていないことや、アナスタシアが王宮にとどまっていることはじきに知れる。王から呼び出しを食らうことは想定の範囲内だった。

しかし、エリオットのまとう張り詰めた空気が言い知れぬ不安を煽《あお》る。

いや、不安要素などないはず――

確かに、未婚の令嬢の純潔を散らせたことは、褒められた行いではない。だが、その責任や子ができる可能性を思えば、それはアナスタシアとの結婚を認められる突破口となりうるはずだった。

エリオットもそれを承知していないはずがない。

なら、この重苦しい空気はなんだ？

「ティリー侯爵が、朝から陛下のところに押しかけてきたのです」

疑問に答えるように、エリオットが説明する。

日が昇りはじめたばかりの窓を見て、オーランドは一つ納得した。この時間、王宮で姿を見かけるのは警備兵くらいのものだ。使用人から陛下に情報が行くのは早すぎる。

「なるほど、警備の者に僕の私室の様子を探らせたわけか」

軍務卿のティリー侯爵なら、容易だったろう。アナスタシアの泊まるこの客間についても同じことだ。おそらくティリー侯爵は、オーランドが昨夜誰と過ごしていたかをすでに把握している。

だが、それだけなら大した障害にはならない。

まだなにかあるのだろう。眼差しで問えば、エリオットは硬い口調で言葉を継いだ。

「ティリー侯爵は、王弟殿下を伴ってやってきました」

「王弟……？　彼は僕の婚約に関係ないだろう」

口にしてから、神祇官《じんぎかん》という役職に思い当たる。

「教会から要望書の提出があったと、ご報告にいらっしゃったのです。その、要望書の内容というのが……」

そこで言いよどむ。よほど口にしづらいことなのか――いや、エリオットの様子は、言葉を探しているという感じではない。彼自身も困惑しているのだ。いやな予感に駆られてオーランドは思わずその腕を掴んだ。

「言え。教会はなんと言ってきた？」

「……アナスタシアを教会に迎え入れるため、王太子の婚約者候補からすみやかに外すようにと」

「教会にそのようなことを指図されるいわれはないはずだ」

「……女神の色をもつ娘に、特別な位を授け、取り立てたいのだそうです。総主教様の印が押してありました。これは教会の公式な表明です」

唖然《あぜん》とするオーランドの手からゆっくりと腕を引き抜き、エリオットは神妙な顔をする。

「殿下、私は初耳なのですが……女神の色とは、なんなのです？　アナスタシアの色には、なにか特別な意味があるのですか？」

答えを求める瞳が、動揺を隠せぬ主君の姿をひたと捉える。オーランドは即座に言葉を返すことができなかった。

なぜ教会がわざわざ総主教の名を出してまでそんな要望を王家に突きつけたのか。その目論みを理解し、自身の頭から血の気が引いていくのを感じた。

「失礼いたします！」

オーランドが慌ただしく執務室の扉を開くと、机で書類をさばいていた陛下が顔を上げた。王家の象徴たる蜂蜜色の金髪をきっちりと撫で付け、いかなるときにも隙を見せない美丈夫。これが我が国の王——すなわち、オーランドの父親だった。

室内にいたのは彼だけで、ティリー侯爵も王弟もすでに退出したあとのようだ。ついてきたエリオットが背後で静かに扉を閉め、数歩下がったところに控えたのを気配で察する。

「アナスタシア嬢を婚約者候補から外すように教会から要望があったと聞きました」

「ああ、そうだ。朝からティリー侯爵がグラント公爵を伴ってやってきてな」

単刀直入に切り出したオーランドに王は顔色一つ変えず応じた。

グラント公爵、すなわち王弟が置いていったという教会の書状を手渡されて目を通し、オーランドは顔をしかめる。そこには、エリオットから聞かされたそのままの内容が記されていた。

それだけではない。教会はこの内容を正式な意向として国中の聖堂や礼拝堂に公示するとまで書いている。この意味するところは、単に教会がアナスタシアを望んでいることを国民に知らしめるだけにとどまらない。長年口にすることを禁じられていた女神に関する事実を公表するということだ。

現在、女神について国民が知らされているのは、始まりの王にとこしえの繁栄を約束したという部分のみだ。その女神が銀の髪と赤の瞳をもつことや、王家に嫁いだことについては箝口令《かんこうれい》が敷かれていて、限られた者しか知らない。教会はその禁を破ると言ってきたのだ。

「女神の色が明かされるだけなら問題なかろう。それよりも、教会の不満をこれ以上蓄積させるわけにはいかん」

「十七年前の王家の失敗を、彼女一人に尻拭いさせる気ですか!?」

声を大きくした王子を王は視線だけでとがめた。

「やむをえまい。それに、彼女も教会入りを希望しているのだろう」

「彼女はただの修道女になるつもりでいます。女神の象徴として利用され、重責を背負わされるなど思いもしていないでしょう。これでは、教会に陥《おとし》いれられたも同然です」

「もとより、ブラッドレイ侯爵家からは妃候補を辞退するとの申し出が来ていた。あとは侯爵と本人が決めることだ。我々の関知するところではない。そろそろ我を張るのはやめろ」

淡々と返されてオーランドは歯噛みする。

当人からの申し出があったにもかかわらず、いまだアナスタシアが王太子の婚約者候補にとどまっているのは、オーランドが頑《かたく》なに首を縦に振らなかったからだ。辞退を認めれば、婚約者は残ったクラリスに自動的に決まる。そうなっては手遅れだ。

ティリー侯爵の意図とは裏腹にクラリス自身は王太子妃になることを拒んでいて、オーランドは以前から相談を受けていた。ブラッドレイ侯爵家が辞退を表明した以上、アナスタシアを妃にするためには、ティリー侯爵家にもクラリスの推挙《すいきょ》を取り下げてもらわなければならない。クラリスを通して交渉をもちかけたところ、ティリー侯爵から提示された条件が、夜会でクラリスとダンスを踊ることだった。

ささやかすぎる条件に疑問を覚えはしたが、穏便にことを進めるため、オーランドは約束どおりにワルツを踊った。しかし侯爵の狙いは、それを利用し、クラリスが婚約者に決まったなどと吹《ふい》聴《ちょう》することにあったのだ。

昨夜の出来事により、国政に携わる貴族の間には、クラリスが王太子妃になるものという論調ができつつあるだろう。ここで教会がアナスタシアの取り立てを希望したらどうなるか。「銀の聖女」として知られる彼女の色が女神と同じと判明すれば、民衆は諸手《もろて》を挙げて賛同するに違いない。それでいて、過去に箝口令《かんこうれい》を無理強いしたことのある王家は、教会の不興をこれ以上買うわけにいかない。

——甘かった。まさか一夜にしてここまで流れを作られるとは。

言葉も出ない様子の息子に王は小さくため息を吐く。

「昨夜、お前が誰となにをしていたかは聞かん。警備の者や使用人の口止めはしておく。王太子が未婚の娘を傷物にしたなどと噂されることがないようにしろ」

「それは……っ、彼女との間にあったことをなかったことにせよ、という意味ですか」

「当然だろう。お前はティリー侯爵家の娘を娶《めと》り、宰相家の娘は教会に入るのだ。醜聞にしかならぬなら、消し去るしかあるまい」

「それでは、あまりに不誠実でしょう……！　私は責任をとるつもりです。場合によっては子ができていても——」

ダンッ、と耳障りな音を響かせ、王の手からペーパーウェイトが落ちる。机の上に転がったそれを無表情に拾い上げ、もとの位置に戻しながら、王はまったく感情のこもらない声で告げた。

「優先順位を間違えるなよ、オーランド。不誠実と言うなら、未来も約束できぬ状況で不用意にことに及んだ己を責めることだ。宰相家の娘は妃候補から外す。そしてティリー侯爵家の娘をお前の婚約者とする。これは王命だ」

「しかし……っ」

遮るように王の片手が横に払われる。退出せよという指示だ。オーランドはぐっと息を詰め、自身の父を睨みつけた。

「その命には、承服いたしかねます。――失礼いたします」

地の底から響くような声を絞り出し、オーランドは王の執務室を出ていった。


荒々しい足取りでひと気のない区画まで移動したのが理性の限界だった。荒ぶる感情のままに柱を殴りつけると、すかさず横から腕を掴まれる。

「おやめください。殿下が怪我をしてしまいます」

「エリオット……すまない、こんなことになって」

真面目な側近の顔が一瞬だけ苦痛に歪む。だが、すぐに緩んだ。

「殿下のせいではありません」

主君に負担をかけまいという彼の配慮も、今のオーランドには自身の力不足を痛感させただけだった。

アナスタシアを諦めろと命じられ、勢い反発したものの、なにか考えがあるわけではなかった。

王家の結婚は、個人の感情で済ませられる問題ではない。国の礎《いしずえ》をさらに盤石《ばんじゃく》なものとし、安《あん》寧《ねい》をもたらす。そういう役割が求められているのだ。感情に任せて投げ出すにはあまりにも重い責務だった。

加えて自分の、この色。

開国の王からもたらされた王家の色は、蜂蜜色の金髪と深海の青い瞳だ。もちろんその色だけで次代の国王が決まることはない。実際、現国王の瞳はアイスブルーだ。しかし、二つの色を備えた者こそ国の頂点にふさわしいという考えは、いまだ民の間に根強い。

三代ぶりに現れた、王家の二色を受け継ぐ直系の王太子。それがオーランドだった。人々が寄せる多大な期待に気づけぬほど愚鈍《ぐどん》ではない。自身もそれに応えるべく努力してきたのだ。

王太子としてとるべき選択は明白だった。だが、受け入れることなど到底できない。

ここで手を離したら、アナスタシアはどうなる。

彼女のことだ、こちらを責めるようなことは決して言うまい。仕方がないと静かに受け止め、黙って身を引く。そういう人だ。けれど、それは真実平気なわけではないことを、オーランドはもう知っていた。あの儚《はかな》げな微笑の裏に痛みを懸命に押し隠しているだけなのだ。

また自分は、彼女にそんな思いをさせるのか。

柱に押しつけたこぶしが震える。

「殿下……十七年前、なにがあったのですか？　アナスタシアが生まれた時期と重なるのは、偶然でしょうか」

こちらの様子を窺《うかが》いながら、エリオットが問いを投げかけてくる。冷静に状況を見極めようとする姿勢に、オーランドは感情的になった自らを恥じ、腕を下ろした。

偶然ではない。首の動きだけで答える。

「姑息《こそく》な隠蔽《いんぺい》だよ。それでも、国王が代替わりを果たしたばかりで国内がざわついていたあの頃には必要だった。反国王派につけいる隙を与えるわけにはいかなかった。——聞きたいか？」

エリオットが悩んだ時間はわずかだった。

「お聞かせいただけるのならば」

揺るぎない声音《こわね》は、妹を守ろうとする彼の意思を示す。自分もまた覚悟を求められているのだ。

オーランドは硬く表情を引き締め、エリオットに向き合った。

・……——＊——……・

目を覚ましたとき、アナスタシアは寝台の上に一人きりだった。起き抜けのぼんやりした頭は、室内の様子が視界に入った途端に覚醒する。当然のことながらそこは、慣れ親しんだブラッドレイ侯爵邸の自室ではなかった。

昨夜のさまざまな出来事がめまぐるしく思い出され、追想は最終的にこの部屋に行き着く。

「オーランド様……」

傍らのシーツに触れてみるが、そこには彼のぬくもりすら残されてはいなかった。

胸がずきりと痛む。同時に、やはり、とも思ってしまう。

昨夜の夜会でオーランドは、ティリー侯爵の発言を完全には否定しなかった。

『オーランド様はよく理解しておいででは？』

その問いに口ごもったのは、彼の意に反する形だとしても、水面下でクラリス嬢との話が進んでいたからだろう。

なのに、ほかの令嬢と一夜をともにしたことが明るみに出れば、なんと言われることか。彼が今ここにいないことが、なによりもの答えに思えた。

身につけたシュミーズ越しに胸に手を当てる。

今はまだずきずきと痛むけれど、大丈夫だ。覚悟していたのだから、耐えられる。

込み上げる悲しみを一人で呑みこもうとしていたとき、部屋の扉が控えめに叩かれた。びくりと肩を揺らしたアナスタシアの耳に優しい兄の声が届く。

「アン……俺だよ。起きている？」

「お、お兄様？　起きております。でも、その……」

自身の下着姿を見下ろし、どうしたものかと思う。夜会で倒れたきり戻らない妹を心配して迎えに来たのだろうか。けれど今はとても顔を合わせられる状態ではない。

さまよう視線はソファにかけられた衣服に向かう。オーランドが緩めてしまったコルセットを一人で着けるのは無理だろう。細かく採寸して仕立てた極上のドレスは、腰の曲線を美しく作らなければ、途端にみっともなくなる代物だ。

すると妹の戸惑いを察したように、大丈夫だよ、とまた扉越しに声がした。

「信頼の置ける侍女を借りてきたから、着替えを手伝ってもらうといい」

間を置かず、失礼いたしますと一人の侍女が部屋に入ってきた。少し白髪の交じったひっつめ髪の彼女はてきぱきとした手際で、アナスタシアの着替えをあっという間に済ませてしまう。コルセットの紐を遠慮なく締めつけられたとき、昨夜の彼との会話がふっと浮かび、再び胸が痛んだ。

支度を終えた侍女が部屋を出ていくと、入れ替わりに入ってきたエリオットがアナスタシアをソファに促す。自身もまた一人がけのソファに座った兄は険しい顔をしていた。

「屋敷に帰るのではないのですか？」

「ああ、うん。殿下が戻ってきたらね」

さらりと出された彼の呼び名に鼓動が揺れる。侍女まで連れてきたエリオットは、王太子と妹の間になにがあったかをすでに知っているのだ。決まりの悪さ以上に、家名を汚しかねないことをしでかした事実が重くのしかかる。

「その……私、とんだ身勝手を……」

「いいよ、アン。お前の気持ちは分かっているつもりだ」

エリオットは柔らかな仕草で妹の謝罪を押しとどめた。寄り添うような口調は、たったそれだけでアナスタシアの心をすくい上げてしまう。申し訳なくて、身の置き所のなさに瞳が潤む。自分の弱さが浮き彫りにされるようだった。

だから、もう現実に向き合おうと思った。

アナスタシアは意を決して問いかける。

「オーランド様は……どちらに？」

答えが返るまでには少しの間があった。

「……朝早くに、陛下に呼ばれてね。話が終わった今は、一度自室に戻っていらっしゃるよ」

兄のまとう空気が重く張り詰めているのは、陛下の話が原因で間違いないだろう。妹の視線を受け止めて、エリオットは小さく頷く。けれどその口から語られたのは、予想だにしない内容だった。

「お前をすみやかに妃候補から外すようにと、教会が王家に要請を出した」

「え……」

「我が家から申し入れた辞退がなかなか承認されなかったのは、殿下が渋っていたかららしい。けれど、陛下は今朝、クラリス嬢を妃にせよとお命じになった。現状、陛下と殿下は完全に決裂している」

「そんな……」

思いもよらぬ展開にアナスタシアは言葉をなくす。だが、そんなのは序の口とばかりにエリオットは声を強めた。

「アン。お前にとって重要なのはここからだよ。教会はお前を正式に迎え入れて特別な位を授けたいと言っている。女神と同じ色をもつお前に、ね」

「特別な、位……？　私は修道女になるのではないのですか……？」

「女神の色については驚かないんだな……。知っていたのか」

まあいい、と兄は首を振る。

「教会は女神の色について大々的に公表するつもりだ。そうなったらどうなると思う？」

「そう、なったら……？」

エリオットは立ち上がり、いまだ状況を呑みこめていない妹の肩を掴んだ。

「民は必ずやお前の教会入りを望む。普通の修道女になんてなれるはずがない。お前は利用されるんだ。教会の権威を高めるために！」

ふらり、と力が抜けてアナスタシアの身体が座面に沈みこむ。

レナードからほのめかされたときは、まさかと思った。前例がないことだし、そんな大役を自分が果たせるとも思えない。

なのに、教会は本気だった？　この異質な色を女神の色だなどと喧伝《けんでん》して、民衆の信望を集めようとしている？

――怖い。

率直にそう思った。教会が押しつける期待も、人々がこの色に向けるであろう崇拝も、恐ろしくてたまらなかった。

自分の色はそんな神聖なものではない。むしろ血のように穢《けが》れた異端のはずだ。なのに、特別な地位に祭り上げられ、注目にさらされねばならないなんて、考えただけでぞっとする。

しかもそうなったとき、侯爵家を出たアナスタシアの周りには、兄も父も母も――オーランドもいないのだ。

「アン、しっかりしろ。大丈夫だ」

紙のように白くなった手にエリオットの手が重なる。

知らぬ間に止めていた呼吸を思い出し、アナスタシアははっと息を吐いた。恐怖になど囚われている場合ではない。

「私は、教会で……特別な役割を果たさねばならないのですね……」

兄を心配させぬよう冷静に告げるはずの言葉は、けれど弱々しく揺れていた。これではなんの説得力もない。情けなさに唇を噛む。

くしゃりと顔を歪めたエリオットが「そんなわけないだろう……っ」とうめいた。

「いくら教会が望んだって、強制などできるものか。どうするかはお前の自由だ。教会に入るのがいやなら……守ってやる。誰にも文句は言わせない」

「お兄様……」

アナスタシアは自分の手を包みこむ温かい手を握り返した。だがそれ以上、兄の思いにどう応えたらいいのか分からなかった。

特例の叙任《じょにん》は大変な名誉だ。それを突っぱねれば非難は免れない。矢面に立たされるのが自分だけならいい。家族を巻きこむのは耐えられない。選択の余地などない。

二人の間に重い沈黙が降りる。

そのとき、軽妙なノックの音が場違いに響き、張りのある声が「僕だ」と告げた。

「お入りください、殿下」

涙を浮かべる妹の目元に素早くハンカチを押し当て、エリオットは立ち上がった。すぐさま扉を開く音がして、足音が真っ直ぐこちらにやってくる。

顔を上げられずにいるアナスタシアの隣に、オーランドは当然のように腰を下ろした。間髪をいれず、その逞《たくま》しい両腕の中にアナスタシアを閉じこめる。

「泣いていたの？　ごめん、一人にして」

耳元に舞い降りたのは、思いやりに満ちた優しい声音《こわね》だった。

オーランドの態度は昨夜となに一つ変わっていなかった。そのことに、アナスタシアは目頭が熱くなるほど安堵《あんど》してしまう。まだ自分は、彼のそばにいることを許されているのだ。

大きな手のひらが頼りない背中を包みこみ、アナスタシアの華奢《きゃしゃ》な身体を引き寄せる。触れ合った身体の温かさが、縮こまっていた気持ちをほどいていく。

大丈夫だ。この腕の中にいる限り、心が悲しみに沈むことはない。それが束《つか》の間《ま》の安息だとしても、今のアナスタシアにとっては救いだった。

「教会のことはきっとどうにかするから、信じて」

低い声音《こわね》で囁きながら、オーランドはこめかみに口づけを落とす。そしてアナスタシアが狼狽《うろた》えているうちにあっさりと抱擁を解いてしまう。まるで、今までもずっとそうしてきたかのような自然な触れ方だった。

「では屋敷に行きましょう」

「ああ。シアもおいで」

手招きされたアナスタシアは、そこでようやくオーランドの格好が変わっていることに気づく。

式典用の礼服ほどではないが、あらたまった服装だ。

「オーランド様も、我が家へいらっしゃるのですか？」

「ブラッドレイ侯爵に謝罪と説明をしなくてはならないからね」

「謝罪……？」

アナスタシアが怪訝《けげん》に思って首を傾げると、オーランドはふっと感情の読めない微笑を漏らした。

「昨夜のことを、僕は曖昧にするつもりはないよ」

こちらを射抜く強い眼差しが、一夜の夢で終わらせるのは許さないと物語っている。彼はまだ諦めていないのだ。その事実は、アナスタシアの胸に安堵《あんど》をもたらすはずだった。けれど、現実に込み上げたのは、正体の分からない恐れのような違和感だった。

オーランド様は、どうしてこんなにも平然としていらっしゃるの……？

いくら王太子でも、王命に逆らえばただでは済まない。教会の意思だって、ないがしろにしていいものではない。彼は今かなり厳しい立場に置かれているはずだ。

なのに、こちらを気遣う姿には動揺の影すら見えないうえ、エリオットの前でもおかまいなしに触れ合おうとする。それがどういった心境によるものなのか、アナスタシアには理解できなかった。

こんなことが、許されるはずないのに……

自分の中にある迷いをアナスタシアははっきりと自覚する。

愛する人のそばにいたい。それは誰しもがもつ当たり前の願いだ。ようやく想いを通わせることができたのに、潔く諦めてしまうには、一途に想いつづけた日々が長すぎる。

けれど、覚悟を決めてしまったような青い瞳を目にすると、胸がざわつく。

彼を信じてついていって、本当にいいのか。

迷いなくその手をとれるほど、アナスタシアは楽観的でも無責任でもなかった。

第六章　黄昏《たそがれ》の時間

ブラッドレイ侯爵邸の玄関を出たところで振り返ったオーランドは、見送りについてきたアナスタシアを腕の中に引き寄せた。途端に彼女は身を硬くするが、オーランドは気にせず目の前の小さな耳に唇を寄せる。

「また明日来るよ」

当然のように告げれば、はっと顔を上げたアナスタシアの瞳が不安げに揺らぐ。このところ彼女が見せるのはこんな表情ばかりだ。

ここ数日のオーランドに対する疑念をとうとうこらえきれなくなったのだろう。わずかな躊躇のあと、アナスタシアはおずおずと口を開いた。

「我が家を訪問なさるのは、もうお控えになったほうがよいのでは……？　今、オーランド様の行動は平時以上に注目されているはずです。こうも連日いらっしゃるなんて、陛下に反抗的な態度を無用に印象づけてしまうだけではないですか」

切なげに眉を歪めながらも口にせずにいられないのは、オーランドが傷つくことなどないようにと心配してくれているからだろう。その健気な気遣いを嬉しく思う反面、オーランドの胸中には心苦しさがにじむ。

アナスタシアといる未来のためなら、己の立場や評価が少し損なわれるくらい、なんだと言うのだろう。

軽々しくそう考えたくなる自分も、確かに存在するのだ。

オーランドはただ曖昧に頷き、柔らかな髪に手を差し入れる。そして小さな頭をもう一度肩口に引き寄せた。

「……それは分かっているけど。でも僕は、可能な限り毎日来るよ」

「どうして……？」

背中に回されたアナスタシアの手にぎゅっと力がこもるのを感じた。

あの日、ブラッドレイ侯爵に面会を求めたオーランドは、それまでの経緯とあの朝の出来事をありのままに伝え、謝罪した。アナスタシアと関係をもったことも、ありていに言葉で伝えることこそしなかったが、話の流れからおのずと察せられただろう。侯爵はそれらの話のすべてをただ黙って受け止めた。

彼がなにがなんでも娘と王子の仲を引き裂こうとしたのなら、別の対応が必要になっただろうが、侯爵は黙認することを選んだ。それはつまり、敵対することもない代わりに協力することもないということだ。オーランドも、一国の宰相という責任ある地位の者に、王に背いて自分たちに味方しろなどと図々しく求めるつもりはない。だからもう、侯爵邸にわざわざ赴《おもむ》く用事などないはずなのだ。表向きは。

「シアに会いたいから」

冗談なのか本気なのか分かりにくい答えを返せば、短く途切れた呼吸が彼女の戸惑いを伝えてくる。こんなときになにを言っているのだ、と真面目なアナスタシアなら思ったかもしれない。それでもオーランドが言えば、頭ごなしに否定することもできない。その距離感が少し寂しくて、でも今はありがたい。

待たせていた馬車に乗りこみ、閉ざされた扉によって視界が遮られるまで、オーランドはアナスタシアをじっと見つめていた。それこそ、可憐な恋人の姿を眼裏《まなうら》に焼き付けようとするかのように。

けれど、彼女の表情には、ほんのかすかな微笑すら浮かぶことはなかった。

動き出した馬車の中、柔らかな背もたれに寄りかかりながら、オーランドはゆるりと腕を組む。

状況はかんばしくない。それは言うまでもなく分かっている。

ティリー侯爵だけが相手なら、いくらでもやりようはあった。特に国境付近の紛争について彼の姿勢は強硬で、国政に慎重な穏健派の顰蹙《ひんしゅく》を日頃から買っているからだ。表立って表明することはなくとも、クラリスよりアナスタシアを王太子妃にと期待していた者は少なくなかったはずだ。

だがそれも、ティリー侯爵と教会の画策によって覆《くつがえ》った。

教会との結びつきはこの国の礎《いしずえ》だ。

穏健派の貴族の多くは、長らくこの国を支えてきた協力関係にひびを入れることを恐れている。

教会の不興を買うくらいなら、娘を王太子妃にして権力を得るティリー侯爵を抑えこんだほうがましだと判断するだろう。

　結果、陛下の命令に盾突き、いつまでも一人の令嬢に執着する王太子への風当たりは日に日に厳しくなっている。

「まったく、面倒だな……」

　逃避的に呟くも、吐き出したため息に悲観的な色は薄い。まだ打つ手が完全になくなったわけではないからだ。

　とはいえ、オーランドは思い悩んでいた。頭にあるその考えを本当に実行に移していいのか。リスクを背負うのが自分だけなら迷ったりはしない。けれど、その選択によって一番負担がかかるのはアナスタシアなのだ。それに耐えられるだけの覚悟が現在の彼女にあるのかどうか、オーランドは確信がもてない。

　話し合う必要があることは分かっていた。けれど、無闇に自分の考えを伝えるだけではアナスタシアをさらに追い詰めるだけのような気もする。オーランドの考えを話すということは、彼女がまだ知らない事実を突きつけることにもなるのだ。ただでさえ周囲から求められる役割と恋心の狭間《はざま》でひどく葛藤しているだろうに、さらなる事実を知らされたアナスタシアがなにを思うか、想像するだけで暗澹《あんたん》とした気持ちになる。

　そうやってタイミングを掴めぬまま、ずるずると時間ばかりが過ぎていた。

身動きのとりづらいこの不自由な感覚には覚えがある。アナスタシアが社交界にデビューしてからの一年間だ。まさに拷問のような日々だった。

目の前には十年以上求めつづけた女性がいて、相手からも自分に対する好意のようなものを感じ取れる。なのに、それを確かめ合うことは許されない。

特に苦悶したのは、アナスタシアが奥ゆかしい心の内に秘めた想いの欠片を、ほんの少しだけ垣間見せてくれたときだ。そういうとき彼女は決まって頬を染め、不安と期待の入り交じった目でオーランドを見つめている。

それがどんなにささやかな言動であっても、アナスタシアにとって相当な勇気を要しただろうことは想像にかたくない。彼女のいじらしさがあまりにも愛おしくて、その場で求婚してしまいたい衝動に何度駆られたことか。

ほのめかされた好意を袖にするのは、実に苦痛を伴う所業だった。そんな血の涙を流すような辛抱を重ね、ようやく想いを通わせたのだ。

その結果がこれとは、女神様もなかなかに試練を与えてくれる。けれど、諦めることなど到底不可能なのだから、どうにかするしかない。いつまでも手をこまねいているわけにはいかないのだ。

王宮に帰り着き、自身の執務室に戻ると、待ちかねたようなエリオットに出迎えられた。

「お帰りなさいませ。ようやく戻ってくださいましたか」

ほっとため息交じりに言われて、オーランドは怪訝《けげん》に眉をひそめた。

「必要な指示は出していったし、行き先だって分かっているんだから問題なかっただろう？　これでも長居したいのを我慢して早めに切り上げてきたんだけど」

侯爵邸では紅茶一杯飲み干す時間もなかったくらいだ。

なにかあったのかと目顔《めがお》で問うと、「特に問題が生じたわけではないのですが」と前置きしつつもエリオットは苦々しげに顔をしかめた。

「急ぎでなくても、殿下の執務室を訪れる者は多いですからね……」

「ああ、クラリスがまた来たのか。ティリー侯爵も意外と地味な策をとる」

近頃の軍部はなにかと用事があるたびにクラリスを使者としてよこすのだった。単なる小間使いにされてかなり不服そうにしている本人とは裏腹に、その仕事ぶりを目にした廷臣《ていしん》たちからの評判はよい。王太子相手でもまったくもの怖じせず用件を申し述べ、ときおり自身の意見をも差し挟む彼女は、未来の王妃として不足なしとの評価を得つつあるのだ。

「現状では、侯爵自身が声高に支持を訴えるより、よほど効果がありますからね。殿下と並んだところを見せつけて、それがあるべき姿であるかのような印象を植え付けるなど、まったく小賢《こざか》しい……。ティリー侯爵派は徐々に勢いを増していますよ。もはや頼みの綱はランズベリー公爵だけです」

その名を聞いてオーランドは苦笑した。王家の結婚問題に一方的に口を挟んだ教会に対し、議場で不快感をあらわにしていた初老の公爵の姿を思い出したのだ。

「ランズベリー公爵、ね。確かに彼は先王の代から国を支えてきた有力者で、教会も無視できない存在ではあるけれど。王弟の奥方の父親にあたる人物だからな。完全に味方というわけでもない」

オーランドの指摘でエリオットもはっとした顔をする。だが、その面持ちには困惑の色が濃い。

十七年前の経緯の全貌を彼に話したのはつい先日のことだった。まだ受け止めきれない部分があるのだろう。

「病で急逝した先王に代わって陛下が即位したおり、乱れた国政に安定をもたらした立役者がランズベリー公爵、でしたか……」

「そうだ。王弟と公爵家令嬢の政略結婚により、大貴族であるランズベリー公爵が若き陛下の後ろ盾となった。そして反国王派は一掃された。王家にとってランズベリー公爵は最も機嫌を損ねたくない相手なんだ」

なんせあの頃は、王権そのものが不安定だった。前国王の直系であったにもかかわらず、現国王の王位が危ぶまれたのは、不運にも王家の二色をその身に備えた男子が王族の傍系に存在したからだ。国王の髪は蜂蜜色だが、その瞳はアイスブルーで、王家の色と言われる深海の青とは異なる。

若さゆえに人心《じんしん》を掌握《しょうあく》しきれなかった王、初代国王の色を正確に受け継ぐ者を王に望む民、そしてこれを好機と傍系の王族をもち上げ、成り上がろうとする貴族たち。一時期混乱した内政に決着をつけたのが、ランズベリー公爵だった。

しかしその直後、王家は彼に対して後ろ暗い秘密を一つ抱えることとなる。箝口令《かんこうれい》はそれを彼と世間から秘匿《ひとく》するために必要なことだった。王家は女神の容姿と王への輿入《こしい》れにまつわる事実を伏せるよう、教会に厳命した。

「この先、真実が明るみに出ても、ランズベリー公爵が味方でいてくれるかは……分の悪い賭けだな」

ぼやきつつも、オーランドはそのことをさほど問題視していなかった。

確かに、国政に多大な影響力をもつランズベリー公爵の存在は無視できないものだが、現状の鍵を握っているのは教会だ。教会さえなんとかしてしまえれば、王やティリー侯爵を押し切り、こちらの意を通すことは不可能ではないはずなのだ。しかし、そこで懸念されるのがアナスタシアの処遇なのである。

このところの彼女の様子を思い返せば、オーランドは歯がゆい思いに駆られる。

「最近のシアは、どうだ……？」

何気なく尋ねるつもりが、思った以上に憂慮《ゆうりょ》が声音《こわね》ににじみ出て、エリオットの顔に困惑がよぎる。だが主従という関係の手前、表情はすぐに改められた。

「殿下もよくご存知でしょう。毎日屋敷に顔を見にいらっしゃっているのですから」

「ああ……いや、シアはどうも僕に遠慮しているようだからね。……仕方がないことだけれど」

心も身体も結ばれたとはいえ、もともと気兼ねなく本音を言い合えるほど親密な間柄ではないのだ。

己に課されたものを感情に任せて投げ出したりしない勤勉さはアナスタシアの美点だが、それがあまりにも強すぎて、自分の感情を殺す選択をしてしまわないかをオーランドは危惧《きぐ》していた。一度は妃になることを自ら諦めようとしていたこともあるだけに。

アナスタシアの心境になにか変化があればすぐに気づけるようにと毎日顔を合わせているものの、肝心の彼女の本心はなかなか見えてこない。

「遠慮しているのは殿下も同じでは？　壁を作っている相手に自分から本音を打ち明けるのは、誰しも難しいものです。殿下の真意がよく分からないと妹に相談されましたよ。あまり思い詰めないようにと励ますにとどめておきましたが」

「そう、か……それはすまなかったな」

エリオットの指摘は耳に痛いものだった。

アナスタシアをこれ以上不安にさせたくなくて、オーランドは迷いや焦燥といった負の感情を見せないようにしている。アナスタシアからすれば、それは壁を感じる態度だったかもしれない。自分もまた彼女に同じことをしていたというわけだ。

オーランドはエリオットから視線を外し、机に置かれた書類の縁《ふち》をなんとはなしに指先でなぞる。

「……慎重になりすぎている自覚はあるんだ。けれど、少しでも不安を与えたら、シアは今度こそ僕の手の届かないところへ去ってしまう気がする……。壁を作っているのは僕のほう、か」

弱った気持ちを苦笑で誤魔化そうとしたが、あまりうまくはいかなかった。

「シアも、君になら本心を打ち明けられるんだな。羨ましい」

「……まさか、嫉妬しておられるのですか」

図星を指されて言葉に詰まる。

一度も口にしたことはなかったが、当たり前のようにアナスタシアの近くにいられるエリオットにオーランドは昔から嫉妬心をいだいていた。

同じ屋敷で暮らして、毎日のように顔を合わせ、言葉を交わす。態度を取りつくろうこともなく、自然体で心を開いてもらえる距離感。

エリオットの口からアナスタシアの名前が出るたびに、なぜ彼女のそばにいられるのが自分ではないのだろうとやり場のない感情を覚えていた。二人が本当の兄妹ならまた違ったのかもしれない。けれども彼らは義兄妹で、エリオットは男だ。

「妹ですよ。ともに過ごせる時間だって違うんですから、当たり前でしょう」

「でも、血はつながっていない」

「血筋のうえでも従兄妹《いとこ》です」

「それは僕の立場と大差ないってことだ」

エリオットがありえないと眉を上げるのを目にして、オーランドはつい反論してしまう。

オーランドの言いがかりのような言葉は、その実どこまでも真実だった。だが、言っても仕方がないことでもある。生真面目な側近も今度はあからさまに面倒臭いという顔をした。

エリオットはぞんざいな手つきで自身の机から椅子を引き出すと、どっかと座りこみ、脚を組んだ。わざとらしく大きなため息を吐き出す。

「こっちは、殿下と妹の片思いを十年以上も間近でじりじり見守ってきたんですよ。二人がうまくいくように祈りこそすれ、アンに家族以上の愛情などいだいたこともない。……不毛すぎる。ばかばかしい」

荒っぽく言い捨てられた台詞からは敬語が抜けている。彼の素の口調を久しぶりに耳にして、オーランドは我に返った。

「悪い……今のは八つ当たりだった」

「ええ、そうでしょうとも。私の前ではかまいませんが、ほかではしっかりしてくださいよ」

「分かっている」

現状、オーランドにとって完全に味方と言える存在はエリオットだけだ。娘に甘いブラッドレイ侯爵でさえ、先日の面会の席ではアナスタシアだけを先に部屋から出し、オーランドにこう告げた。

『娘にはゆっくり考えなさいと言いましたが……本心を申し上げますと、もうこれ以上、あの子に期待をもたせることはなさってほしくないと感じております』

それでも大っぴらに反対の姿勢を示さないのは、娘の恋を無理やり引き裂くのが忍びないからだろう。それに、オーランドが教会と対立しているうちは、アナスタシアに非難の矛先が向かわずに済む。オーランドを、彼女に考える時間を与えるための防波堤にしている面もあるのだろう。

明らかなのは、彼が娘の恋に未来はないと判断していることだ。おそらくこの国の大半の者は同じ考えでいるはずだ。そこにはアナスタシアも含まれるかもしれない。

オーランドは前髪をかき上げ、重厚な椅子に体重を預けた。

ほかにやりようはないものか――思考はどうしてもそちらへ向かう。アナスタシアに重荷を背負わせずに済むのなら、オーランドはどんなことでもするだろう。あらゆる情報や伝手《つて》をたどって、わずかな可能性でも見出そうと躍起《やっき》になっているが、教会や国王を相手にそんな都合のいい案が簡単に見つかるはずもない。

この膠着《こうちゃく》状態だっていつまで続くか知れたものではない。そろそろ腹を括《くく》り、アナスタシアにすべてを話すべきなのかもしれない。

オーランドが静かに決意を固めようとしていたとき、執務室の扉が外側から叩かれ、来客を告げる。居住まいを正すオーランドの傍らでエリオットが返答すると、一人の男が入ってきた。形式的な挨拶を口にして腰を折るのは、国王付きの側近の一人だ。

「王家の談話室で陛下と王弟殿下がお待ちです。オーランド殿下におかれましては急ぎ向かわれますよう」

「急だな。そんな予定はなかったはずだが。何用だ？」

オーランドは問いかけつつも、なんについての話なのかはなかば予想がついていた。

国王の側近は明確な答えを避け、ただ早く向かうようにと促す。

「殿下……」

不穏な空気を読み取って眉根を寄せたエリオットが窺《うかが》うようにこちらを振り返った。オーランドは気持ちを静めるようにあえて落ち着いた動作で立ち上がり、エリオットに頷いた。

「行ってくる」

・……──＊──……・

「──ですから、あともうひと押しなのです。アナスタシア様自身が教会の叙任《じょにん》を受け入れると言ってくれれば、オーランド殿下の同意がなくとも強行できるはずなのです」

礼拝堂で奉仕している最中、偶然開いていた扉の隙間から漏れ聞こえてきた話し声にアナスタシアは動きを止めた。

「レナード様、どうにか説得をお願いいたします」

礼拝堂内に設けられた応接室でレナードと向き合っているのは、教会本部からやってきた使者だった。身を乗り出して懇願する姿をわずかな隙間から垣間見て、アナスタシアはその場に凍りついた。直後、足早に踵《きびす》を返す。

いやな感じにはやる鼓動を懸命になだめながら、突き当たりの戸口を出て、外の空気を深く吸いこんだ。それでも、一度揺さぶられた気持ちはなかなか収まってくれない。

彼らが話していたのは、教会がアナスタシアを手に入れるための算段だ。自分の周囲では着々と策略が巡らされている。なのに、肝心の自分がどうしたいのか、アナスタシアは完全に見失っていた。

貴族の娘として役目を果たすこと。己の恋心が求めること。それらが指し示す方向はこれまでずっと一致していた。オーランドの妃候補を辞退し、修道女になると決めたことでさえ、その選択は失恋で傷ついた心で導いた精一杯の妥協点だったのだ。

けれど今は、両者が完全に対立してしまっている。どちらを優先すべきか、なんて比べられるものではない。理性的に考えれば、義務を果たすべきなのだろう。けれど、それはアナスタシアにとって心を殺すことに等しい。だからといって、感情の赴《おもむ》くままに身勝手に振る舞うことを自分に許すこともできそうにないのだ。

礼拝堂の裏手の壁には、冬の気配が交じった冷たい風が吹き付けては王宮のほうへ駆け抜けていく。かすかな肌寒さを覚えつつ、さやさやとさざめく澄んだ音色に視線をやれば、この季節、赤や黄色に色づく木立の葉が、逆光となった陽の光をキラキラと透かして視界に眩しく映った。

アナスタシアは出口のない思考に見切りをつけ、目の前の光景にぼうっと見入る。なにか美しいものを見つけるたびに、思い起こされるのはオーランドと出会った日のことだ。前髪を切らなければ知ることができなかった世界。彼に与えられた世界。

昨日、アナスタシアはオーランドに、侯爵邸に来るのはもう控えたほうがいいと言った。自分のせいで彼の名声まで貶《おとし》めてしまうのは耐えがたかったからだ。けれどアナスタシアの意見が聞き入れられることはなさそうだった。

オーランドは一体どういうつもりなのだろう。アナスタシアから見れば、彼の行動はただ闇雲に王命に反発して別れのときを先延ばしにしているだけだ。もしかしたらアナスタシアには窺《うかが》い知れぬ狙いがあるのかもしれないけれど、この状況を打開する手立てがあるのでは、なんて期待をいだくことすら今の自分には難しい。

もしもオーランド様が、ただ私を守るためだけに無理をなさっているのだとしたら……

そのとき己のとるべき行動を思って、アナスタシアは泣きたくなった。

きらめく景色の前で立ち尽くしていると、アナスタシアの脇にある戸がきいと乾いた音を立てて内側から開かれた。そこから顔を出したレナードがアナスタシアの姿を捉えるなり息をつく。

「こんなところにいたのですね。姿が見えないので捜しましたよ。客人が帰ったので、応接室の片付けをお願いできますか？」

アナスタシアはぎこちない動きで目を伏せ、「はい」と答えた。

夜会の日以降、レナードとはオーランドと別の意味でぎくしゃくしている。司祭を務める彼は、アナスタシアを教会に引き入れようとする側の人間だ。修道女見習いの仕事があるので顔を合わせないわけにはいかないのだが、やりづらいことこの上ない。

もっとも、そんなことを気にしているのはこちらだけのようで、レナードは以前と変わらぬ様子でアナスタシアにあれこれと頼み事をしてくる。

「なにか言いたいことがありそうですね」

耳にしてしまった使者とのやりとりに対するわだかまりが表情に出てしまっていたのかもしれない。レナードが窺《うかが》うように顔をのぞきこんできた。

「いえ、そんなことは……」

控えめなアナスタシアの否定を綺麗に無視して、レナードは「ああ」と声を漏らす。

「もしかして、先ほどの話を聞いてしまいましたか」

「……」

沈黙は肯定と同じだ。はぐらかすこともできず固く口を閉ざすアナスタシアをレナードはしげしげと眺めると、一つ頷いた。

「いいでしょう、今は少し時間があります。こちらにいらっしゃい」

有無を言わせず連れてこられたのは、使者を迎えていたのと同じ応接室だった。ソファに座るよう促され、アナスタシアは躊躇《ためら》ったが、礼拝堂の中ではレナードのほうが立場が上だ。逆らうわけにもいかず、しぶしぶ腰を下ろした。

「一応明言しておきますが、教会の叙任《じょにん》について、私からあなたになにかを告げるつもりはありませんよ」

真っ直ぐ顔を向き合わせる位置に腰を落ち着け、レナードはあっさりと告げる。アナスタシアは驚きのあまり、反応が一瞬遅れた。

「どうしてですか……？」

教会は女神の色をもつ娘をなんとしても手に入れたいと思っているはずだ。

アナスタシアは教会に入ることに一度は同意したが、それはあくまでも修道女としてだった。特例の叙任《じょにん》となればまったく話は違ってくる。これについて教会からはあらためて書状が送られてきたが、ブラッドレイ侯爵家は返事を保留している状態だった。

しかし、アナスタシアの問いかけにレナードは薄く笑う。

「あなた自身の意思で選択すべきことだからです。迷いにつけこんで都合よく誘導する気はありません。——それとも、あなたは説得されたいですか？　私に説得されたから、仕方ないのだという言い訳がほしい？」

表面上はにこやかなのに、多分に棘《とげ》を含んだ言葉だった。心の奥底に隠れた卑怯な考えを自覚させられ、アナスタシアの全身が強ばる。

決断を下す覚悟がないから、誰かが背中を押してくれるのを待つだなんて。

己の無自覚なずるさに頬を熱くしながら、絞り出すように問いを口にした。

「……どうして今さら、私の意思を尊重するようなことを言うのです。レナード様は、教会やティリー侯爵に協力していたでしょう」

もしレナードがアナスタシアの教会入りを暴露していなければ、状況はもう少しましだったかもしれない。けれど彼は悪びれもせず、穏やかに膝の上で手を組む。

「私はあなたの恋を応援したいのだと、申し上げたはずです。はなから本人の意向を無視するつもりなら、あの夜、倒れたあなたとオーランド様を会わせたりはしませんでした。オーランド様を煽《あお》ることも。私は、あなたにご自分で教会に入る決断をしてほしいと思っています」

「……レナード様のお考えが、よく、分かりません」

教会に入るということは、オーランドへの恋を諦めるということだ。応援すると言いながら、諦めることを促す。レナードの言動は矛盾している。なのに彼の瞳にはいっさいの揺らぎがなくて、アナスタシアは気圧《けお》されたようにゆるゆると視線を落とした。彼の苦笑が耳に届く。

「私は王弟殿下に多大なご恩があるのです。孤児だった私は、王弟殿下……グラント公爵の領地にある礼拝堂で育ちました。そして視察にやってきた殿下に才覚を見出され、ここまで引き立てていただいたのです」

「――そう、だったのですね」

だからなんだ、という気持ちより、驚きがまさった。

レナードの話し方や振る舞いは、そんな生い立ちを微塵も感じさせないほど洗練されている。生粋の貴族と並んでも遜色《そんしょく》ないだろう。きっと、血のにじむような努力をしたはずだ。生まれの壁を乗り越えるために。

ちくり、とかすかな後ろめたさがアナスタシアを刺した。胸元に落ちた己の銀を視界のすみに捉える。生まれもったものから目を背けつづけている自分。

けれど、レナードが話を続けたので意識はすぐに逸らされた。

「教会はもうずっと、王家に不満を燻《くすぶ》らせているのです。女神にまつわる事実の口外を禁じられたときから」

王宮の客間で交わした会話がすぐに思い出された。

「教会は、もともと女神のことを意図的に隠してきたのではなかったのですか？　人とは一線を画す存在として神のご威光を高めるためだと……レナード様はおっしゃいました」

「それは十七年前までの話ですね。自発的に秘めるのと、強制的に口をつぐませられるのでは、まったく意味合いが異なるということです。ましてや女神についての詳細は、教義の根幹をなす重大事項。それを外部から禁じられるのは屈辱以外のなにものでもありません」

もちろん、司祭など一定の地位を得た者には従来どおり真実を明かすことが許されている、とレナードは補足する。だが、問題がそういった実務的な部分よりも深いところにあるだろうことは、アナスタシアにもおぼろげながら察せられた。

「箝口令《かんこうれい》が出された当時は、現実的にそれしか道がなかったので、教会は黙って従いました。しかし、十数年の間に状況は変わりました。王家からの一方的な抑圧は、女神の権威をないがしろにしているも同然です。それは思った以上に、教会内部の信仰そのものをむしばむ結果となりました」

レナードが顔を上げ、アナスタシアの瞳を正面から捉える。

「先ごろ総主教様が代替わりされたのはご存知ですね」

「はい……もちろん」

「新しい総主教様は、『銀の聖女』を旗印に教会の権威を取り戻すつもりでおられます。そのためなら、女神の秘密が民に知れ渡っても、令嬢一人を巻き添えにしてもかまわないと……そのくらいの覚悟をおもちです。おそらく、誰がどんなに手を尽くしても、この流れは変えられないでしょう」

それは重い宣告だった。アナスタシアやオーランドがどれほど抗《あらが》ったところですべては無意味なのだと、はっきり突きつけるものだった。実際、情勢は刻一刻と教会の意図した方向に動いていて、じわじわと囲いこまれていく感覚をアナスタシアは肌で感じ取っていた。

「私の意思に、もはや意味などないということですね」

自嘲的な呟きは、ガラス細工のような脆《もろ》さをはらんでいた。どうせ流されるなら、浮草のように身を委《ゆだ》ねてしまったほうが心は平穏だろうか。

後ろ向きな思考に囚われかけたアナスタシアを、レナードは淡々とした眼差しで一瞥《いちべつ》した。

「あなたがそれでよいのなら、そう思っていてもかまわないでしょう。けれど、流された先でもできることがないなどと決めつけるのは、早計にすぎると、私は思います」

「それは……」

どういう意味ですか？

アナスタシアが疑問を口にする前に、レナードはさっさと立ち上がってしまう。

「残された時間は多くありません。よく考えて、覚悟を決めておいてください」

それだけを言いおくと、話はこれで終わりだとばかりに応接室を出ていく。その日はそれっきり、レナードの真意を確かめる機会はついに訪れなかった。


夕刻。礼拝堂の奉仕を終えたアナスタシアは侯爵邸に戻り、夕暮れの庭園をオーランドと二人きりで歩いていた。

丹念《たんねん》に手入れされた侯爵家の庭は、赤から藍色《あいいろ》に向かう光のベールをまとい、幻想的な空気に満ちている。ともすれば夢かと錯覚してしまいそうな景色の中にオーランドが立っていた。その表情は、どことなく昨日までとは違って見える。

仰々しくもてなそうとする侯爵家の使用人たちに断りを入れて、邸《やしき》の内外を気ままに散歩するのは、ここ数日の間に日課となっていた。せっかく足を運んでもらったのだからせめてお茶くらい、とアナスタシアなどは思うものの、忙しいのだろう。自分のために、貴重な時間をわざわざ割《さ》いて来てくれているのだ。それでも疲れた様子一つ見せず、アナスタシアを気遣う余裕すらのぞかせる。

けれど、今日の彼はどこか悄然《しょうぜん》としているように感じられた。

高い生垣に囲まれた東屋《あずまや》までやってくると、オーランドが優雅に手を差し伸べて、アナスタシアを引き寄せる。導かれた先は、ベンチに腰かけたオーランドのさらに上。つまり、膝に横座りさせられたのだった。

近すぎる距離に緊張して地面ばかりを見ていると、すらりと長い指が顎にかかり、視線が絡む角度までもち上げられた。

「俯かないで。少しでも長く、顔を見ていたい」

小声の囁きは秘密めいて、アナスタシアの鼓動をはやしたてる。手をついた広い胸板やお尻の下にある大腿、背中から腰に回された腕など、彼の男性らしい身体を服越しにもありありと感じてしまい、アナスタシアはいたたまれなくなる。

「どうしたの、シア」

「隣に、座らせてほしいです。オーランド様を椅子にしているみたいで……落ち着きません」

じっと瞳を見つめて訴えたのに、なぜか返ってきたのはキスだった。触れるだけのささやかなものだったけれど、アナスタシアを狼狽《うろた》えさせるには十分だった。

熱くなった頬をくすぐってオーランドは笑う。

「どうして赤くなるの？　もっと深くて濃密な交わりを君はもう知っているのに」

「そんなすぐに慣れるものではないと……」

「そう？　なら、地道に慣らしていかないといけないね」

にっこりと麗しい微笑みはひたすら甘く、からかいの色は微塵もない。この様子では、真面目に毎日キスの雨を降らせられかねない。それが冗談では済まないほどに、このところのオーランドはアナスタシアに対して底抜けに甘いのだ。

しかし彼の目元に、じっくりと観察しなければ分からない程度のくまを見つけると、アナスタシアの心はぎゅっと締めつけられる。

――ほら、やっぱり。無理をしていないわけがない。

反射的に思い浮かんだのは、昼間レナードに告げられたことだ。この流れは、誰にも変えられない。

薄く黒ずんだ肌を指先で撫でてしまったのは、無意識の行動だった。瞠目《どうもく》した青い瞳を真正面から見とめ、ようやく自分がしたことを理解する。

焦って手を引こうとしたが、オーランドがとても嬉しそうに破顔《はがん》するものだから、微動だにできなくなった。

「めずらしいね。君から触れてくれるなんて」

「あ……その、もうしわけ……」

「謝る必要なんてないよ。僕らは恋人同士だろう？　触れたいときに触れればいい。僕もそうする」

恋人同士――果たして自分たちをそんなふうに呼んでよいものか。確信のもてないアナスタシアは泣きそうになる。

「それが本当なら……オーランド様。私は、あなたの心に触れさせてほしいです……」

かき消えそうな声で、おずおずと懇願した。

オーランドばかりに重荷を背負わせ、自分はのうのうと守られているなんてできない。

どうか拒絶されませんようにと祈るような気持ちで反応を窺《うかが》えば、オーランドはしばし真顔になって、それから苦い笑みを浮かべた。

「……いいよ。なにが知りたい」

「ちゃんと、お休みになっているのですか」

途端、ぐっと彼の眉間にしわが寄ったのをアナスタシアは見逃さなかった。しかし、それはすぐ微笑みに取って代わる。

「倒れない程度には寝ているよ。いつものことだ。気にかけてもらうほどのことじゃない」

気を遣わせまいとして言ったのだろう台詞は、完全に逆効果だった。やんわりと突き放されたように感じたアナスタシアは、衝動的に立ち上がっていた。

「私はっ、オーランド様が心配なのです……！　体調のことだけではなく……っ」

いっそ、胸にわだかまる感情をすべて吐き出してしまおうか。

そのつもりで息を吸う。

けれど腹立たしいことに、大きな声を出し慣れていない喉はあっさりと呼吸を乱し、言葉を継げなくなった。

――体調だけじゃない。

アナスタシアは唇を噛み締める。

一番心配なのは心だ。陛下や教会を敵に回して、非難や誹《そし》りを無数に浴びせかけられて、どんな思いでいるのか。本当はもっとずっと苦しんでいるのではないか。追い詰められているのではないか。

加えてアナスタシアが耐えがたいのは、彼が地道に積み上げてきた王太子としての評価が、たった一つの出来事で大きく損なわれようとしていることだ。

「お願いです……どうか、どうか無茶はなさらないで……」

「……うん、ありがとう。心配してくれて」

彼の表面的な答えは、ただ目の前の恋人をなだめるためだけのものだった。アナスタシアの願いはまったく通じていない。オーランドはきっとまた無理を重ねる。

――無意味かもしれないのに。

レナードの言うとおり、自分たちは教会が作り出した流れの中にいる。個人の力で抗《あらが》える範疇《はんちゅう》などきっと超えているだろう。

オーランドは手を引くべきだ。これ以上、立場も人望もある彼が、たった一人の令嬢のために泥をかぶる必要なんかない。

アナスタシアの無言の訴えに気づいたのか、オーランドは痛みをこらえるように唇を引き結んだ。

やがて脱力するように息を吐く。

「シアの言いたいことは、分かるよ。諦めてしまったほうが、きっと利口なんだろう。だけど、お願いだから、君だけは――僕の、味方でいて。僕のことを、想ってくれるなら」

オーランドの両腕が、すがりつくようにアナスタシアの腰を抱えこむ。額が胸元にうずめられて、表情が見えなくなってしまう。

「君のためならいくらでも強くなれるけど、君に逃げようとされたら、どうしていいか分からない……」

それはまごうことなき彼の本音で、弱音だった。

アナスタシアは凍りついたように動けなくなった。

情に流されてはいけない。強くそう思う。なのにどうして自分は、儚《はかな》い望みを冷徹に断ち切ってやれないのだろう。

腰を捕らえた腕は、振りほどこうと思えばそうできるくらいに加減されている。それが彼の優しさなのか恐れなのかは分からないけれど、どちらにしろ愛しいと思う。振りほどくことなんてできない。

そのとき、生垣の隙間から最後の夕暮れが一筋射して、彼の金髪をきらめかせた。アナスタシアはそれにおそるおそる指を通す。さらり、と繊細な感触が肌に伝わった。

王家の色は、こんな色だっただろうか。今のアナスタシアには、オーランドというただ一人の色に見える。自分の色が女神と同じなどとは思えないように。

包みこむように彼の後頭部に両手を添えると、腰に回る腕の力が増した。言葉はない。二人はそうして黙ったまま、互いの体温をただ感じていた。

日差しは徐々に傾いていく。美しい庭園は闇を深めていく。幻想的な空気は、空の片隅にその余韻を残すのみだ。夢のような時間は束《つか》の間《ま》。

そのあとには、暗い夜がやってくる。


『殿下が陛下から謹慎処分を言い渡された』

アナスタシアが兄からそんな私信を受け取ったのは、礼拝堂の清掃をしているときだった。奉仕中にやってきた使いの青年は、手紙を渡すとすぐに去ってしまい、アナスタシアだけが堂内に取り残された。

おそらく急いで知らせようとしてくれたのだろう。便せんの文字は少し乱れていて、事実だけを淡々と記していた。

直接の理由は王命に背いたことだ。とはいえ、ことが妃選びという心情的な側面が強く絡む事情だったから、処分にはかなり手心《てごころ》が加えられていた。必要な執務は通常どおり行ってよく、王宮内は比較的自由に動き回れるらしい。行動が制限されるのは王宮の外、そして王宮内の礼拝堂だ。

つまり、アナスタシアに会いに行くことを禁じられたのである。アナスタシアの処遇を巡ってなにかを画策したり根回ししたりすることも、これで難しくなった。

アナスタシアは、動揺のあまり便せんを取り落としそうになる。

会えないことよりも、オーランドが処分を受けたという事実そのものにショックを受けていた。いくら処分の内容が甘くとも、王がじきじきに謹慎を命じたというだけで、人々の彼に対する信頼は大きく損なわれるだろう。

輝かしい経歴に傷がついたのだ。

自分のせいで彼のこれまでの努力を台無しにしてしまった。

「オーランド様……」

視線は吸い寄せられるように上へ向かう。

女神の与えた祝福は、色でたとえられる。女神の姿を絵画や彫刻に表すことは禁じられていたから、代わりに礼拝堂や聖堂には色とりどりのステンドグラスが飾られている。視線の先では、多彩な色ガラスが初めて目にした日と寸分たがわぬ美しさをたたえていた。

オーランドと出会ったあの日から、アナスタシアはずっと彼を追いかけてきた。強くて優しくて、誰からも認められる王子様。その肩にかかる期待や重圧は相当なものだろうに、常に優雅で、苦悩を表に出すことは決してない。

最初はただの憧れだった。ただその輝きに惹かれて、おそばにいられたらと、夢見るように願った。

けれどもそれだけではない。

先の夕暮れの庭の光景は、今も鮮やかすぎるほど胸に刻まれている。見下ろした頭がなんだか可愛く感じられて、ただ慈《いつく》しんであげたいと思った。日にかざした金の髪は繊細で、ずっと撫でていてあげたいと思った。

味方でいて、とオーランドは言った。逃げないで、とも。

彼が望むなら、どんなことでも叶えてあげたい。なのに、現状のアナスタシアはただの重荷になっている。自分の無力さが悔しい。

離れるべきかどうか、アナスタシアはずっと結論を出せずにいる。どちらを選んだところできっとオーランドを苦しめる。なら、正解はどこにあるのだろう。

立ち尽くすアナスタシアの背後で金属の軋《きし》む音が響いた。扉が開いたのだ。

「アナスタシア、少しいいですか」

「レナード様……」

振り返ったアナスタシアは、そこで動きを止める。堂内に射しこむ明るい光の中には三つの人影があった。

レナード司祭、ティリー侯爵、そして神祇官《じんぎかん》――王弟のグラント公爵だ。

彼らがこのタイミングでそろって会いに来たなら、用件はおのずと察しがついた。

前に進み出たティリー侯爵がにこりと人好きのする笑みを浮かべる。

「先日の夜会ぶりですね、アナスタシア嬢」

アナスタシアは光に目が眩《くら》んだ素振りで眉をひそめた。

祝福どころか、この色を呪いとすら思う。

正解などどこにもなくて、自分は用意された道を進むだけ。

――それでも、流されるだけにはなりたくない。

オーランドのためにできることが、きっとまだあるはずだ。

震える足を叱咤《しった》してアナスタシアは男たちと対峙する。

そのとき、王弟の懐《ふところ》でなにかがきらめいた。アイスブルーの光は王弟自身の瞳と同じ色だ。

アナスタシアは、もうずっと訪れていない生家《せいか》の情景を思い出した。

第七章　君が君である限り

オーランドの執務室にクラリスがやってきたのは、謹慎処分の衝撃が去り、周囲がようやく落ち着きを見せた頃だった。

「例の件で見てほしいものがあります」

クラリスは仕事用の顔でそう告げた。おそらく室内の者たちには、また軍部の用事で遣わされてきたように見えたことだろう。オーランドもはじめはそう思ったが、それにしては例の件というものに心当たりがない。

「すまない、例の件というのは……？」

「極秘で進めている件のことです。ここで詳しくお話しするわけには……」

そう言ってクラリスは周りを気にするように視線を走らせ、最後にまたオーランドに戻る。

現在軍部と極秘で動かしている案件はない。だが、彼女の瞳にどこか必死な色を見つけたオーランドは、促されるままに腰を上げた。

素知らぬ顔でクラリスに案内を頼むと、拍子抜けするほどあっさりと二人で執務室を出ることができた。警備兵には謹慎中のオーランドを見張る役割もあるのだが、軍人のクラリスが付き添っているため見逃されているらしい。

そのまま部屋を離れ、周りに人がいなくなったタイミングで、オーランドはようやく口を開いた。

「で、君は一体どこに僕を連れていこうとしているの」

「アナスタシア嬢のところです」

その答えに足が止まる。

「クラリス……知っていると思うけど、僕は礼拝堂への出入りを禁じられているよ」

「存じております。アナスタシア嬢は今、王宮の客間にお連れしております。動揺しておられるようでしたので」

「動揺？　……なにかあったのか⁉」

勢い込んで尋ねると、途端にクラリスは表情を曇らせた。

「父が……王弟殿下とともに礼拝堂を訪れたのです。どうもそのとき、アナスタシア嬢になにか言ったようで」

クラリスがそれを知ったのは偶然だったらしい。

父であるティリー侯爵と側近が事前にそれについて話しているのをたまたま耳にした。けれど彼女がなにかを言ったところで聞く耳をもつはずもない。だからティリー侯爵が戻るのを待ってから様子を窺《うかが》いに礼拝堂に向かった。そこで呆然と立ち尽くすアナスタシアを見つけたのだという。

「普段は、ご自分に求められる振る舞いというものをとてもよく理解してらっしゃる方なのに……

私が声をかけたら、平静を装うこともできないほど取り乱していらっしゃって」

クラリスはそう語り、廊下の先に見えてきた扉の一つを示した。普段は空いているその客間にアナスタシアを連れていったのは、人目につかぬところで休ませてやろうという配慮だったのだろう。

「よく話したこともない私がついているより、オーランド様がいらっしゃったほうが安心するかと、勝手ながら……」

説明を終えたクラリスは指示を待つように目を伏せる。

オーランドとアナスタシアの親交は、すでにクラリスも知るところだった。軍部の仕事に専念したいと考えている彼女は、自分よりもアナスタシアが王太子妃に選ばれることを望んでいる。そのことで相談を受けていたオーランドは、自分が誰を想っているかも伝えてあったのだ。

「いいや、ありがとう。助かった。あとは任せて。行っていいよ」

確かな口調で請け負い、クラリスを業務に戻らせる。その背中が廊下の向こうへ完全に消えたのを確かめてから、オーランドは人知れず表情を陰らせた。

ティリー侯爵がアナスタシアになにを吹きこんだかも気がかりだが、彼が王弟を連れていたという話もオーランドの懸念を強めていた。

謹慎処分については一昨日、王家の談話室に呼び出された時点で王の口から内々に聞かされていた。教会はアナスタシアを引き渡せと、神祇官《じんぎかん》である王弟を介してしきりに圧力をかけてきているらしく、これ以上オーランドが抵抗を続けるのなら処分もやむなしという判断のようだった。処分を受けるのは痛手だが、教会の要求を呑むわけにはいかないのだから、甘んじて受け入れるほかなかった。

言うべきことを言って王が去ったあと、それに続こうとした王弟をオーランドは引き止めた。教会にいいように利用されようとしているアナスタシアを平然と傍観しているだけの彼の態度に疑念を覚えていたからだ。

ゆえに問いただした。アナスタシアと自分が引き裂かれずに済む道があるのではないかと。そのためになぜ動かないのかと。

けれども、彼は淡々と首を横に振るだけだった。

『殿下がなにを指してそうおっしゃっているかは分かります。しかし、その案は教会もとうに検討済みです。そのうえで却下されました』

彼の告げた事実はオーランドに大きな衝撃を与えた。

それはつまり、自分が考えていた方法では、アナスタシアとの結婚を認められないということだ。

『状況を動かすには誰の力が必要か、考え直してみることです』

そんなヒントとは言いがたい示唆《しさ》だけを残し、王弟は談話室を出ていった。

彼にアナスタシアの教会入りを止める気がないのは明らかだった。ティリー侯爵と一緒になって、彼女になにを話したのか。想像するだに不安が募る。

——いやまさか。王弟がシアを動揺させるようなことを言うはずがない。

憂慮《ゆうりょ》を振り払うように頭を振り、オーランドは目の前の扉を控えめにノックする。

「……はい」

中からは意外にしっかりとした声が返った。

「オーランドだ。入ってもいい？」

「どうぞ」

踏みこんだ室内は少し薄暗かった。見れば大きな窓には半分カーテンが引かれている。アナスタシアはゆったりとしたソファに一人腰かけていた。

礼拝堂から連れ出されたときよりは気分が落ち着いたのか、一見して動揺しているようには見受けられない。むしろ、人形のごとく綺麗な顔立ちは、平素よりも表情が薄いように感じられた。

「シア……大丈夫？　ティリー侯爵に会ったと聞いたけれど。なにか言われたんじゃないのか？」

隣に腰を下ろして尋ねると、アナスタシアは瞳を瞬き、戸惑ったように視線をさまよわせた。

「はい……その、いいえ……」

「どっち？」

「あ……ティリー侯爵では、ないのです……いえ、侯爵にも言われたことは、あるのですが……それより、父が……」

覚束《おぼつか》ない口調は、まだ彼女が混乱の中にいることをありありと示していた。オーランドは小さな手をとり、幼子を相手にするように優しく問いかける。

「ブラッドレイ侯爵が、どうかしたの？」

「お父様では、ありません……」

「なら――マーシャル子爵？」

ほかに父と呼びうる人物を考え、彼女の生家《せいか》の当主を挙げたが、違うらしい。アナスタシアは身振りだけで否定した。

話しているうちにアナスタシアの感情はまただんだんと揺れはじめたようで、やがて泣きそうな顔を見せたかと思うと下を向く。さらりと流れた銀髪に表情が隠され、その狭間《はざま》からかすかに動く口元が見えた。

「ぉ……いでんかが……」

「え？」

「王弟殿下が……私の、本当の父だと……ご本人が、そう、おっしゃるのです――」

オーランドは思わず息を呑んだ。

アナスタシアは勢いよく顔を上げた。

「ご存知、だったのですか……？」

驚きの薄い反応を鋭く察して、赤い瞳が見開かれる。

オーランドは頷いた。これ以上隠しても仕方がない。

「どうして、言ってくれなかったのです……」

「……軽々しく言えることではないよ。それに、できれば……シアには、知ってほしくなかった」

「なぜって……？」ますます自分の色を嫌いになるだろう!?」

王弟への憤りのあまり声を荒らげると、

「ごめん……」

謝罪を口にすると、彼女は思案げに沈黙したあと、静かに首を横に振った。オーランドの言葉の意味を、彼女は正しく理解しているのだ。

「君はもう、始まりの王と女神の婚姻のことも、知っているんだね……」

エリオットが女神の色について話したときも、アナスタシアは驚かなかったという。教会の公示によって女神の色は広く知れ渡ってしまったが、婚姻の事実は依然として秘されている。誰か教会関係者から知らされたのだろう。その推測は即座に本人によって裏付けられた。

「レナード様から、聞きました。私の色は、本当に女神から受け継がれたものだったのですね……」

その唇はさらになにかを続けようとしたが、結局すぐに引き結ばれた。込み上げる思いを呑みこもうとするように、固く。声にならなかった彼女の言葉が、オーランドにははっきりと分かった。

『王弟殿下の不義によって』

まっとうでない自分の生まれを知ってしまったアナスタシアがどう感じているかなんて、目の前の悲痛な表情がすべて物語っている。こうなると分かっていたから、知らせたくなかったのだ。

十二年前アナスタシアと出会ったとき、オーランドはすぐに王家の始祖たる女神の色を連想した。疑いをもって調べれば、王弟とマーシャル子爵夫人の関係には簡単に行き着けた。

政略結婚によって引き裂かれた恋人たち。

長い間互いを想い合っていた幼なじみ。

先王が病に倒れることがなければ。若すぎる王太子が即位することがなければ。王弟がランズベリー公爵家の令嬢と結婚させられることもなかった。

マーシャル子爵夫人の実家は伯爵家だ。やや家格が低くはあるが、いずれ臣籍に下る王弟との結婚なら十分認められるはずだった。だが、現実はそうはならなかった。

悲しい恋の成り行きに同情はする。けれど、互いに伴侶をもちながら密通を続けた罪がそれで許されるわけではない。

王弟に娘を嫁がせたことでランズベリー公爵は王家の後ろ盾となった。不義が明るみに出れば、内政は再び乱れる。だから、生まれた子、アナスタシアの色と王家を結びつけうる女神の事実は、なんとしても隠さねばならなかった。

すべては大人たちの事情だ。アナスタシアには、なに一つ非などない。

「君の色は、君の色だ。それがどこから来たものかなんて、僕は、どうだっていい」

オーランドは華奢《きゃしゃ》な身体を抱きしめ、強い口調で告げた。

確かに最初に興味を引かれたのは女神の色だった。

けれど、アナスタシアはその色の真実も知らず、ただ清廉《せいれん》でひたむきで気高くて――まるで、その色彩に含まれる意味をおのずから体現するかのようだった。

それらはすべて、彼女の心根で、彼女の努力だ。女神など関係ない。オーランドにはそれが眩しかった。

たとえ色に決められた道だとしても、中身を決めるのは自分だ。アナスタシアに出会って初めてオーランドは、周りに言われてではなく、必要に迫られてでもなく、自ら望んでこの国にふさわしく在りたいと思った。

だから手放せない。彼女だけは。

「オーランド様……」

腕の中から愛しい声がする。その呼び声は、先ほどまでに比べてずいぶんと力を取り戻しているように思われた。

「君は君でいいんだ、シア。生まれも色も関係ない」

自分の言葉が少しでもアナスタシアの支えになるならと、オーランドはただ慰《なぐさ》めたい一心で囁き、頬を擦り寄せた。

すると、ぴたりと合わさった身体の隙間に小さな手がもぐりこむ。胸のあたりを押されて腕を緩めると、互いの顔が見える位置まで二人は離された。正面に現れた彼女の表情を目の当たりにして、オーランドの身が強ばる。

アナスタシアは微笑んでいた。

とても静かな笑みだった。静かすぎて恐ろしいとすら思うほどに。

奏《かな》でるように、滑らかな声が紡《つむ》がれる。

「いいえ、オーランド様。それでも私の色は、女神の色です」

「シア……？　なにを言っているの……？」

オーランドの戸惑いも、今のアナスタシアには遠い。美しい笑顔は小揺《こゆ》るぎもしなかった。

「オーランド様も、お分かりでしょう？　私の色は、女神の役割をもつ色です。あなたの色が、王の色なのと同様に」

「なにが、言いたい……？」

よくない流れを感じ取り、速くなった鼓動が耳にまとわりつく。

どうか、思い過ごしであってくれ。

切実な祈りは、しかし次の瞬間あっさりと打ち砕かれた。

「教会の叙任《じょにん》を、受けることにいたします」

完全なる無音が、二人の間を支配した。

永遠にも思える短い空白のあと、オーランドはあえぐように口を開く。

「なにを……言っているんだ、シア。自分の発言の意味を、分かっているのか？　教会に入れば結婚は許されない。僕とこうして話すこともできなくなるんだよ……？」

「もちろん分かっております。だから……」

ソファの端まで引き下がり、距離をとったアナスタシアの瞳は湖面のように凪《な》いでいる。

「ここでお別れです。オーランド様」

アナスタシアは頭を下げると、もう話すべきことはないとばかりに立ち上がろうとした。

ここで行かせてしまったら、彼女と自分は、互いの立場で永久に隔てられてしまう。

ぞっとする危機感がオーランドの全身を射抜いた。

「だめだ……」

「？　――きゃっ！」

衝動に突き動かされるまま、気づけば力任せに細い腰を引き寄せていた。とさっと軽い音を立てて小さな身体が座面に沈みこむ。美しい銀の髪が暗い布地の上に広がり、驚きに見開かれた赤い瞳がこちらを見上げた。

その整った顔から作りもののような微笑が剥がれ落ちているのを目にして、オーランドはかすかな高揚を覚える。

「な、なにをするのです……」

「だめだよ、シア」

「え……？」

オーランドは妙にさえざえとした気分で無表情に口角だけを引き上げた。男の下から這い出そうとする胴の両脇に膝をつき、非力な腕を捕らえる。そして、柔らかな手のひらに懇願するように唇を押し当てた。

「僕から離れるなんて許さない」

地を這うような低い声音《こわね》はアナスタシアを凍りつかせた。愛らしい顔に表れるのは、驚きと疑念、そして怯えだ。

こんな表情を向けられるだけで胃の腑《ふ》がひやりとするくらい、オーランドは彼女に嫌われることを恐れていたはずだった。けれどもう、なんの歯止めにもならない。嫌われても嫌われなくても、彼女は離れていくことを選択するのだから。

修道女が身につける黒いワンピースの背中側を探り、丸いボタンを見つけ出す。身体の下で彼女がもがくが、造作もなく押さえつけてしまえた。

「オーランド様!?　なにをして……っ」

「さあ、分からない。教えて、シア。どうやったら君を引き止められるの？」

パフスリーブから白い腕を引き抜きつつ問い返せば、悲痛な声が答えた。

「無理です……っ、もう、決めてしまったのです……」

「そんな答えは聞きたくない」

「あ……っ」

くつろげた襟ぐりから手を差し入れ、乳房を掴んでやわく揉む。もう一方の手で邪魔なコルセットの金具を外して取り去った。

「だめ、オーランド様、だめです！」

腕の戒《いまし》めがなくなると、アナスタシアはシュミーズ以外守るもののなくなった胸を抱きしめるように両腕で隠した。そして、潤んだ瞳できっとオーランドを睨む。

「分かってらっしゃるでしょう！　もうこうするしかないのです！　最初から……っ。最初から、私たちの道は、決められて——」

「言うな！」

オーランドは叫んだ。声を抑えることすら頭から抜け落ちていた。

「どうして君が……っ、そんなことを言うんだ……！」

射殺そうとするかのように、あるいはすがりつくようにアナスタシアを見下ろせば、形のよい唇がわなわなと震えている。楚々《そそ》とした眉は批判的に歪み、頬は込み上げる感情に紅潮している。

——そんな表情すらも愛おしい。

こんなときでも彼女の高潔さは少しも損なわれない。口では諦めるようなことを言うくせに、その瞳は曇りなく前を見ている。そのことが、オーランドは腹立たしくてたまらなかった。

「決められているなんて、君が、言わないでくれ……っ。頼むから……」

「オーランド、さま……？」

勢いをなくしてオーランドがうなだれると、戸惑い交じりの声のあと、おずおずと温かい手がこぶしに触れる。けれど、アナスタシアはそれ以上どうしていいか分からない様子だった。

愛しさが込み上げ、オーランドは力の限り彼女を抱きしめる。

別にオーランドは王になることを厭《いと》うているわけではない。ただ、色に生き方を決められたという幼少期の固定観念がいつまでも意識の片隅に取り残されているだけだ。

だから、せめてアナスタシアは己の色に縛られてほしくなかった。そのためなら、自分にできることをなんでもしようと誓ったのだ。それなのに。

「僕が、弱音を吐いたからか……？」

髪に顔をうずめて尋ねても、返ってくるのは困惑の気配ばかりだ。

「僕が弱いところを見せたから、優しい君は僕に頼るわけにいかないと思ったんだろう……」

「そんな、ことは……」

ない、と言い切れない語尾に、アナスタシアの真意が表れている。

オーランドは自嘲するように鼻で笑って、すぐ横にある柔らかそうな耳を噛んだ。びくっと震えた彼女はまた抵抗しようとあがく。

「拒まないで」

吐息交じりの囁きを耳に流しこむと、「ゃ……っ」と甘やかな声が空気を震わせた。

その隙にオーランドはスカートをめくり上げ、ドロワーズを奪い去る。下半身を守るものを失い、アナスタシアの瞳には恐れがにじんだ。

「オーランドさま……お願いです、やめて……」

「無理だって、分かっているだろう？　シア……」

滑らかな頬を撫でて唇を寄せれば、険しい抗議の眼差しを受ける。けれど、彼女の抵抗の意思がほとんど失われかけていることは、力の抜けた四肢を見れば明らかだった。オーランドが真正面から見つめ返すと、やがてアナスタシアは根負けしたように目蓋《まぶた》を閉じた。

受け入れられたわけではない。赦《ゆる》されただけだ。

それでもオーランドは口づけた。甘やかな唇、舌、唾液――アナスタシアの内側を味わい尽くそうとするように、熱心に舌を伸ばした。

唇を重ねるのも、これが最後になるのだろうか。

ふとそんな考えが頭に浮かぶ。まるで悪い冗談だ。彼女はまさに今目の前に存在し、その息遣いを文字どおり肌で感じているというのに。

けれど、一歩先に待つ悲しい別離はもはや逃れようのない現実となりつつあった。腹の底に横たわる冷たい恐怖の感覚は彼女の体温を感じても一向に消えてはくれず、オーランドをさらに貪欲にしていく。

シュミーズの身頃を引き下げると、愛らしい胸がふるりと姿を現した。

「……ん、あぁっ」

いきなり胸の頂きをつままれたアナスタシアが大きく背中をしならせる。指先を擦りつけるようにして立て続けに刺激を与えれば、彼女はぴくぴくと反応し、肌を薔薇色に染め上げた。もう一方の先端も口に含んで吸い立ててやると、無意識にだろうか、もじもじと脚を擦り合わせる。

自分の与える刺激にアナスタシアが感じてくれている。その事実に切ないまでの歓喜を覚えた。

もっと尽くしてやりたくて、慈《いつく》しむように胸元に口づけ、敏感な頂点を指の間で転がすと、徐々に上がっていく息がアナスタシアの昂りを伝える。ときおり交じる、こらえるような声がたまらなく男の興奮をかき立てる。オーランドを見つめる瞳は水分を含んできらめいて、誘惑されているような錯覚すらいだいてしまう。

「シア……好きだよ、シア……」

鎖骨から首筋のラインを愛でるように舌でなぞって、たどりついた桃色の唇に吸い付く。柔らかな感触を楽しむように食《は》みながら、至近距離で熱く見つめれば、彼女の目元がじわりと赤みを帯びた。

アナスタシアがほしい。心から思う。このまま自分だけのものにして閉じこめてしまいたいほどに。

王家の権力が絶対の国ならそれも叶ったのだろうが、幸か不幸かこの国は王家が無視できない程度に教会も貴族も力をもっていた。だからもう、オーランドの手に届くのは、今このときの身体だけだった。

ならば刻みつけるしかないではないか。自分にも、彼女にも。

薄い舌を絡め取って裏側をくすぐれば、アナスタシアはか細く喉を鳴らして身体を震わせる。その様がたまらなく愛らしくて、オーランドは小さな舌を執拗に舐めしゃぶった。仕上げに唾液を注ぎこんでから唇を離すと、はっと互いの口から濃密な吐息がこぼれ落ちる。

アナスタシアの白い喉がわずかに上下して、混じり合った二人ぶんの唾液を嚥下《えんげ》した。無理やり身体を奪われている状況であるのに、それでも彼女はこれほど健気に自分に応えてくれるのだ。

まるで本物の女神のような慈悲深さではないか。

己の思考を皮肉に笑って、胸をつんざく痛みからは目を逸らし、オーランドはただ目の前にいる彼女に没頭しようとした。

大胆にあらわになった柔らかな腿《もも》に手を這わせると、アナスタシアは羞恥から脚を閉じようとする。だがオーランドは先手を打ってその間に膝をつき、ワンピースとシュミーズの裾をまとめてたくし上げた。

差し入れた指先は易々と秘裂の奥にたどりつき、とろりと滴る愛液に包まれる。

「もうこんなに濡れて……」

薄暗がりの中でてらてらと光る指を見せつけるように眼前にかざすと、アナスタシアの頬がかあっと赤みを増す。

「初めてのときにたくさん慣らしておいてよかったね。きっと今回は最初から気持ちいいよ」

オーランドはそう言いながら、人指し指と中指で淡く色づいた花弁を押し開き、少し上でぷっくりと存在を主張している花芽を弾いた。

「――んっ！」

途端に細い身体はびくんと張り詰めて、鼻にかかった艶っぽい声が漏れ出す。爪でかくようにして続けて愛撫してやると、美しい曲線を描く腰が悩ましげに揺れ動いた。

「そこ……あぁ、強すぎます、んんっ……」

「でも、シアはここに触れられるのが好きだろう？　この間だってとろとろに濡らしていたじゃないか」

「そんなことっ、言わないで……あっ」

花芽をいじるのとは別の指を下のほうで息づく蜜壺に挿しこみ、ぐるりとかき回す。ひときわ反応の大きかった箇所をぐりぐりと圧してやれば、彼女の中がひくひくとうごめいて、もっとほしいとねだるようにオーランドの指を締めつけた。

二つの弱点を同時に刺激され、アナスタシアはぎゅっと眉根を寄せて身悶える。

修道女のワンピースがお腹のあたりでぐしゃぐしゃにわだかまり、見るも無残なしわが寄っているというのに、それを気にかける余裕すら失っているようだ。

自分の与える快楽が彼女を支配しているという事実に、ほの暗い満足感が込み上げる。

うっとりと目を細めたオーランドは、蜜壺の指を二本に増やし、濡れそぼつ秘裂に顔を寄せて、硬くふくれた突起を舌でなぶりはじめた。

「あぁ、それっ……やぁん……っ」

腰にクる甘ったるい嬌声が耳に届く。しなやかな両脚にぐっと力が入り、おびただしい量の愛液がアナスタシアの秘部から滴った。オーランドはソファを汚さぬようにとそれを丁寧に舐め取っていく。

ぴちゃぴちゃとわざと音を立ててやれば、自身のそこがどれだけ濡れているかを意識してしまうのだろう。アナスタシアの肌がさらに温度を高めた。

唇で挟んでちゅっちゅっと吸うたびに、白い腿《もも》が震えてオーランドの頭を挟みこむ。思わず空いているほうの手で形のよい脚を撫で回すと、熱いため息が彼女の唇からこぼれた。

もはやなにをされても快感を覚えてしまうらしい。それほど全身が敏感になっているのだ。

アナスタシアの蜜壺はこれ以上ないくらいとろとろにほぐれて、内側を埋めるなにかを求めるようにオーランドの指を奥へ奥へと引きこもうとしていた。

彼女の準備が整ったことを十分すぎるほどに確かめたオーランドは、口元の愛液を拭い取り、自身の下衣に手をかける。

しかしその瞬間、アナスタシアは我に返ったようにさっと顔色を変えた。

「い、挿れるの、ですか？」

「当然だろう？」

「でも……」

狼狽《うろた》える彼女がなにを心配しているかは容易に見当がつく。

「いっそ子ができてしまえば、結婚を押し切れるかもしれないね」

「だめです、そんな……っ」

悲愴な声を上げたアナスタシアは、ソファから逃げ出そうと身をよじらせた。だが半身になったところで、オーランドはその動きを利用し、彼女の片脚を己の肩にもち上げてしまう。そして勃ち上がった熱を十分に熟れた秘孔の最奥までひと息に挿しこんだ。

「やっ、あぁ――っ！」

いきなり奥を突かれた衝撃で肩にひっかかったつま先がぴんと伸びる。目の前にさらされた抜けるほど白い膝裏にオーランドが吸い付くと、再びつま先がぴくんと跳ねた。同時に、内に収めたものがざらついた膣壁にぎゅっと締められて、オーランドの喉から低いうめき声が上がる。

「やぁっ、オーランド様、この体勢恥ずかしいですっ！　それに、へん……前とちがいますっ」

確かに夜会の日は前からばかり交わって、あとは少し後背位を試しただけだった。体位の違いを敏感に感じ取っている様子にオーランドは薄く笑う。

「この角度だと、もっと奥に届くだろう？」

ほの暗い愉悦《ゆえつ》をのぞかせるオーランドに対し、アナスタシアはいやいやと首を振って懸命に脚を引き下ろそうとする。だが、脚は男の腕の中にしっかりと抱えこまれていた。

オーランドは身動きのたびにぎゅうぎゅうと変化する中の締めつけを堪能しながら、アナスタシアのいいところに当たるように緩急をつけて腰を揺さぶった。

温かい内壁がオーランドの熱に絡みついて、えも言われぬ痺れが腰から全身に駆け抜ける。

「んっ！　はぁ……だめっオーランドさま……あぁっ！」

「はっ、イイよ。シア……っ」

「だめぇ……っ」

行き止まりをこね回すように圧をかけてやると、アナスタシアは淫らに腰をくねらせ子猫のような啼《な》き声を上げた。

「はぁ、これふかいですっ、おくまできちゃう……っ」

「気持ちいいだろう……っ？」

「いや、やぁんっ」

口ではいやだと言っても、中は喜んでうねっている。男の昂りを包みこむ粘膜の卑猥な愛撫に、オーランドの欲望はますますいきり立ち、アナスタシアの最奥を突き上げた。

抜けるギリギリまで腰を引いてからさらにひと突きすれば、ひときわ高い嬌声を上げて、彼女の身体が大きく波打つ。

「そんなっ、激しく……！　突かないでぇ……！」

甘えのにじむ声音《こわね》で懇願されても、オーランドは力強い腰の動きを止めなかった。

もっと奥の奥まで交わって、決して分かたれることがないくらい一つになれたらいいのに。そんな願っても詮ない思いに駆り立てられるように抜き挿しを繰り返す。

互いの性器はいまや彼女の溢れさせた愛液にまみれてどろどろだった。抽挿のたびに淫らな水音が響き、ぬるぬると滑る感触が目も眩《くら》むような快楽を生み出す。その甘美な責め苦は二人を徐々に高みに押し上げていく。

動きに合わせてふるふると揺れる乳房の蕾を痛くないギリギリの強さでつまむと、小さな足先にぎゅっと力が入り、ますます中が締まった。

「まって……！　いっしょはだめ、あんんっ！」

びくんと身体を跳ねさせたアナスタシアは、目尻に涙を浮かべながらソファの肘置きにしがみつく。

律動を速めるとソファを握る手に力がこもり、彼女の中で快楽の糸がどんどん引き絞られていくのが分かった。

「や、待っ……！　オーランドさまっ、もうだめっ、おかしくなってしまいますっ！」

「ああ、僕も、そろそろ……っ」

「あ、だめっ、中はっ！　中には出さないで……っ！」

――まだそんなことを言うのか！

オーランドの中で瞬時に苛立ちがふくれ上がった。

このまま本当に出して、孕ませてやろうか。

なかば本気で考えた。しかし――

「オーランドさま、おねがいですっ！　だめぇ――っ！」

「――くそっ！」

涙ながらに訴えられて舌打ちしたオーランドは、爆ぜる直前まで滾《たぎ》りきった欲望を乱暴に引き抜く。そして懐《ふところ》から素早くハンカチを取り出し、ほとばしる精をそこに吐き出した。

手の中で肉棒が熱く収縮を繰り返す。断続的な吐精の感覚は腰が抜けそうなほどの快楽を男の身体にもたらした。ハンカチを手にしたまましばしその淫楽の余韻に呑まれていると、やがてそれは徐々に収まっていき、オーランドは力尽きたようにソファに座りこんだ。

頂点を極めたアナスタシアはまだ体内の波が静まらないようで、あられもない格好のままぐったりと横たわっている。その頬に流れ落ちる涙のしずくを見つけ、拭ってやろうとオーランドは手を伸ばした。しかし、指先がそこへたどりつく前に、銀のまつげに縁取《ふちど》られた目蓋《まぶた》がぱちりと開く。

直後、即座に身を起こしたアナスタシアは黙々と身なりを整えはじめた。寸前で手を引いたオーランドの動きには気づかなかったらしい。こちらにはいっさい目を向けようとしなかった。

手早く下着を身につけ、ワンピースのしわを伸ばす。コルセットの着用で少々手間取っていたが、身体のラインが出る服ではないので妥協したようだ。オーランドが手を貸す暇すら与えず、自分でなんとかしてしまった。

そうして支度を済ませると、早々に部屋を出ていこうとする。

「シア」

立ち上がったオーランドがその背中に呼びかけると、一瞬肩を強ばらせ、それからゆっくりと振り向いた。

その表情はなんの感情も映さず、冷たく落ち着いていた。けれど内心は分からない。彼女も貴族の一員だから、感情を隠すすべは心得ている。

オーランドはじっとその目を見て尋ねた。

「決意は、変わらないのか……？」

「はい」

「本当に教会に入ると？」

「ええ」

「……そうか」

美しい赤の瞳に感情の乱れは見当たらなかった。

教会の叙任《じょにん》を受ければ、アナスタシアは前例のない地位に就くことになる。どんな役割を求められ、なにを果たすべきなのか、自分で模索していかねばならない。

さまざまな困難が待ち受けているはずだ。それでも、真面目な彼女はすべて受け入れるつもりで決断したのだろう。なら、その決意に今さらオーランドが口を挟めるはずもない。

ただ一つ、自分が彼女にできることが残されているのならば。

「――アナスタシア」

オーランドはあえてその名で呼んだ。

「……はい」

「僕の婚約者候補から外れることを認める」

アナスタシアが目を見開いてこちらを見上げた。

オーランドは努めて優しく微笑んだ。

「君の前途に、幸多からんことを」

・……――＊――……・

『アナスタシア――君の前途に、幸多からんことを』

穏やかに告げられたその言葉に、アナスタシアはただ感謝を述べ、オーランドの前を辞した。

客間を出て最初のうちは意識して普通に歩いていた。けれど、客間から離れるほどに歩調は速まり、最後には走り出していた。

まだだ。まだだ。まだだ。

心の中で強く念じる。

もう少しもちこたえて。私の涙。

唇を噛んで瞬きを繰り返し、懸命に泣くのをこらえた。そばから見たらひどい形相だったかもしれない。

ようやく王宮の外に出て生垣の陰《かげ》にうずくまると、堰《せき》を切ったように熱いしずくが溢れる。

彼のくれた言葉が頭の中に何度も響いた。

『君の色は、君の色だ。それがどこから来たものかなんて、僕は、どうだっていい』

それはまるで天啓のように、アナスタシアの中にあった恐れや不安を打ち払った。誰がなんと言おうとも、彼がアナスタシア自身を認めてくれるなら、それが真実だ。なにも恐れる必要はない。

思考から迷いが消えたとき、自分のすべきことがはっきりと見えた。オーランドのためにできることが、自分にはまだある。唯一の正解があるならば、どんな困難があったとしても、必ず掴み取る。

涙を拭ったアナスタシアはゆらりと立ち上がった。行かなくてはならない場所がある。

向かった先は王宮の行政区画の一室だ。

前触れなくやってきたアナスタシアに、応対に出た従者はとても困った顔をした。しかし、扉の内側から入ってよいと声がかかったので、従者は不審そうにしながらも中に通してくれた。

執務室で待ち受けていたのは王弟だ。アナスタシアが膝をつこうとすると、そんなことはいいと止められる。

「顔を上げなさい」

言われたとおりにすると、王弟と真正面から向き合った。美しい顔立ちの男性だと思う。深い彫りがいかめしさを醸《かも》してはいるけれど、全体的な作りは優しい。オーランドに少し似ている。

「覚悟は決まったか」

「……はい」

「よろしい。なら、行こう」

やりとりはそれで十分だった。

王弟たちがアナスタシアを訪ねて礼拝堂にやってきたとき、ティリー侯爵は王と王太子の対立を憂《うれ》える素振りで、教会の叙任《じょにん》を受けるようにアナスタシアに圧力をかけた。押し負けたアナスタシアから言質をとると、彼は勝利を確信した笑みで去っていった。

そして残された王弟が懐《ふところ》から取り出したのが、アイスブルーの宝石の髪飾りだった。アナスタシアはひと目でそれが幼い頃に見た実母の所有物だと分かった。そうして己の出生の秘密を知らされたのだ。

『許してほしいとは思っていない。許さなくていい』

動揺するアナスタシアに王弟はゆっくりと語りかけた。

『だが、想い合う者たちがまたも政略によって引き裂かれるのをただ見ているのは忍びない。君たちにはまだ道がある。手伝わせてほしい』

彼はとても誠実に一つ一つを説明してくれた。けれど、そのときのアナスタシアは初めて知らされた事実に混乱していて、その場で答えを出すことができなかった。
でも、もう大丈夫。
心から想う人が、君は君でいいと言ってくれたから、迷いは消えた。
銀の聖女の叙任《じょにん》が教会から正式に発表されたのは、それから三日後のことだった。

第八章　銀の聖女は所望する

銀の聖女の叙任式《じょにんしき》は王都の大聖堂で実施されることになった。突然決まった大きな式に、教会関係者も国の執務官も準備に追われ、式までの数日は怒涛《どとう》のように過ぎ去った。

そして当日、聖女の衣装を身にまとったアナスタシアは控え室に備え付けられた鏡の前に立っていた。

白い絹で作られた衣装はシンプルな形状ながら、流れ落ちるスカートや襟元などに金の刺繍が細かく縫いこまれている。その素晴らしさはとても急ごしらえで仕立てられたものとは思えない。

しかし、それを見つめるアナスタシアの面持ちは硬かった。

「顔色が悪いようですね。緊張していますか」

背後からレナードが問いかける。

彼は王弟の協力者であり、今はアナスタシアの決意を後押ししてくれる味方の一人だった。

アナスタシアはゆっくりと振り返って苦笑した。

「ただでさえ大きな式典ですから。自分がこれからすることを思うと、足がすくんでしまいそうです」

壇上までまともに歩けるかと不安になってしまう。

レナードが気遣わしげに表情を曇らせた。

「式では私も同じ壇上におりますが、身勝手な発言を許されない立場です。けれど、もし無理だと思ったときには……」

続く言葉を、アナスタシアは首の動きだけで押しとどめる。

これから試されるのは、自分の覚悟だ。もしものときに頼れる人がいるなどと、甘い考えでいてはいけない。

「これは私が自分でなさねばならないことです。レナード様は、ただ見守っていてください」

「……分かりました」

やがて式の開始時間が近づくと、レナードは準備のために控え室を出ていった。

一人になったアナスタシアは、机上の手紙に目をやる。

封筒に書かれた差出人の名はマーシャル子爵夫人だ。宛名は王弟になっていて、紙の質感は新しい。

それは数日前に王弟から手渡されたものだった。

『読みたくないなら中身は見なくてもいい。髪飾りはそれと一緒に届いたものだ。もともと私が贈ったものだが……自分にはもう不要だから、と言われてね』

実母の髪飾りが手元にある理由を彼はそう説明した。

髪飾りには、王弟の瞳と同じアイスブルーの宝石があしらわれていた。

この国では、伴侶の瞳と同じ色の宝石を身につけるのがならわしで、未婚でも意中の人との未来を願い、それにあやかろうとする者は多かった。

不要になったということは、彼らの関係は完全に過去のものとなったのだろう。

『……実母《おかあさま》とは、今までも連絡を取り合っていたのですか』

『いいや、手紙を出したのすら十七年ぶりだよ。どうしているのか気にかかってはいたが……。彼女は天真爛漫《てんしんらんまん》で、傷つきやすいところがあったからね』

このとき自分は、さぞかし戸惑った顔をしていたに違いない。そのくらい王弟の語る実母は、アナスタシアの知る彼女とかけ離れている。

王弟はなんとも言えない顔をしていた。

『どうやら君にとって彼女は、よい母親ではなかったようだね。あの人は……純粋すぎて、まだ子供だったんだ』

アナスタシアはそう言われて初めて、実母もまた一人の人間なのだという当たり前の事実に気がついた。そして彼女の人生を思った。

政略結婚によって引き裂かれた恋人。

初恋を忘れられずに犯した不義。

彼の子を身ごもったとき、彼女はなにを思っただろう。

気が気でなかったはずだ。生まれる子の容姿によっては、許されない関係が露見してしまう。もしかしたら腹の子の父親が夫なのか王弟なのか、実母自身にも分からなかったかもしれない。

そうして身の細るような思いで生み落とした子は、なにかを警告するような赤い瞳をしていた。

ぎゅっと胸が縮む心地がするのは、彼女と王弟の境遇に自分とオーランドと似たものを感じるからだ。けれど、それを受け入れがたく思う自分もいる。

『彼女のご夫君《ふくん》はとてもおおらかな人物らしいね。彼は彼女を許したようだ。今は彼を愛していると……そう、はっきり書かれていたよ』

手紙に視線を落とす横顔は寂しげだった。けれどすぐに、アイスブルーの瞳がこちらに向けられる。そこには、とても真摯《しんし》な光が宿っていた。

『彼女は君にした仕打ちをとても悔いている』

アナスタシアは思わず目を逸らした。

同情はしても、つらく当たられた幼少期のことまで水に流せるわけではない。それはたぶん、とても難しい。

王弟はアナスタシアを責めなかった。

『先日も言ったけれど、許す必要はないよ。許すか許さないか、選ぶ権利は君にある』

『権利……ですか』

『そう。私たちは君に償《つぐな》いたいと考えているけれどね。だからといって許すべきだなどと言うつもりはないし、そんなふうに自分を追いこんでほしくもない』

柔らかな声で紡《つむ》がれる彼の言葉は、どこまでもアナスタシアの心を尊重するものだった。王弟という肩書きをもつこの男性は、本当に自分の父なのだ。どこか現実味なく感じていた事実が、ようやく実感を伴って腑《ふ》に落ちた。

『久しぶりに彼女に手紙を出したのは、許可を得るためだよ。君がこれからすることによって、私たちの過ちは明るみに出るだろう。それでもかまわないかと聞いたんだ』

『実母《おかあさま》はそれを受け入れたのですか……？』

『もちろん。君のためにね。ご夫君《ふくん》のマーシャル子爵も、そして私の妻も了承している』

『グラント公爵夫人まで……？』

アナスタシアが目を丸くすると、王弟は自嘲気味に笑った。

『私たち夫婦の間には、そもそも男女の情がないんだよ。仕事仲間のような間柄なんだ。それに妻は、不義の報いとして手厳しい罰を私に課したからね。もう怒りはないんだろう。君のことを純粋に心配していたよ』

そこで王弟はゆるりと微笑み、アナスタシアの顔を間近にのぞきこんだ。なんだか子供に言い聞かせようとする仕草みたいだ。なんて思ったけれど、真実自分は、彼と彼が愛する人の間に生まれた子供だった。

『分かっただろう？　私たちはみんな心から君の幸せを願っている。遠慮する必要はないんだ』

そうして彼は娘の手をとり、手紙をしっかりと握らせた。

――控え室は静まり返っている。

アナスタシアは手紙を見下ろしつづけていた。

中身はまだ読めていない。実母の言葉に直接触れるのは、やはりまだ怖い。なのにどうしてか、目につかないところにしまっておく気にもなれなくて、結局お守りのように控え室までもってきてしまった。自分の行動が不思議だった。

今も手紙を見ることで、怖気づきそうな心をなだめようとしている。実際少し楽になったかもしれない。勇気が湧いてくる、とでも言えばいいのだろうか。

顔を上げれば、鏡の中の自分と目が合う。

直視するのが苦手だったはずの赤い瞳。

穢《けが》らわしい血の色。神聖な女神の色。

その時々で変わる人々の反応に翻弄《ほんろう》され、アナスタシアはいつも怯えていた。

でも違う。

これは――私の色だ。

私が、生きて死ぬまで背負っていくものだ。

そのとき、窓の外から鐘の音が届いた。王都の澄んだ空に鳴り渡るそれは、大聖堂の前面にそびえる二つの鐘塔《しょうとう》が奏《かな》でるものだ。

人々に式の始まりを知らせている。出番はもうすぐだった。

アナスタシアは自分が言うべきことを整理し、それをよどみなく口にできるように頭の中で何度もそらんじる。

そうしているうちに呼び出しがかかり、息が詰まりそうなほどの緊張を覚えながら、アナスタシアは立ち上がった。

扉の外で待っていた修道女についていくと、礼拝室の前にたどりつく。ここから先は一人で行かねばならない。

左右に開かれた扉の向こうには、真っ直ぐな身廊《しんろう》が奥の祭壇まで続いていた。

そこを進むアナスタシアの左右には、式に参列するため国中から集まった高位の聖職者たちが並んでいる。前方の座は、王や王太子をはじめとした国の重鎮たちが占めていた。

もちろん宰相であるブラッドレイ侯爵や軍務卿のティリー侯爵もいる。

そして国王の隣というとりわけ重要な位置に立っているのがランズベリー公爵だった。

ちらりと横目で窺《うかが》うだけで、その存在感が分かる。決して大柄なわけではないが、佇《たたず》まいには厳格な気品が漂い、緑の瞳は老いのにじむ容貌の中にあってなお力を放っている。

うっかりと目が合いそうになったアナスタシアは、さりげなく目線を正面に戻しつつ、臆病になりそうな気持ちを無理やり意識から閉め出した。公爵の奥側に見つけたオーランドの姿も、見なかったことにする。今は目の前のことに集中するときだ。なるべく心を乱したくはない。

真っ直ぐに顔を上げると、祭壇の手前に設けられた壇の中央には総主教とレナードが立っている。少し離れたところに、国側の立会人として神祇官《じんぎかん》たる王弟が控えていた。

壇に上がったアナスタシアは、総主教の前で優雅に一礼する。重々しく頷いた彼は、みなに聞こえるように声を張り上げた。

「これより、叙任《じょにん》の儀を始める」

アナスタシアが総主教の前にひざまずくと、レナードが朗々とした声で言葉を紡《つむ》ぐ。

それは、開国の歴史と女神への賛美を謳《うた》った史書の一節だ。国民の誰もが知るものだが、よく聞いてみれば、基礎教育で習ったものとは微妙に違う。女神の容姿に関するくだりが追加されているのだ。

彼がひととおりの口上を終えると、一同は祈りを捧げる。

そして式典はいよいよ宣誓に移る。総主教が口を開くまでのわずかな沈黙に、アナスタシアの胸は痛いほど張り詰めた。

「我、総主教の名をもって、女神の色をもつ汝《なんじ》に銀の聖女の位を与えん。汝《なんじ》、我らが女神に身を捧げ、その生涯を終えるまで真心をもって尽くすことを誓うか」

心臓が暴れ出しそうなほど早鐘《はやがね》を打っていた。それを懸命になだめながらアナスタシアは息を吸い、凛とした声を聖堂中に響かせる。

「誓いを立てます前に一つ、総主教様にお願い申し上げたいことがございます」

「……申してみよ」

「教会と王家に残された文献によれば、かの女神は始まりの王にとこしえの繁栄を約束したのち、王の伴侶として迎え入れられたと聞きます」

参列者たちがにわかにざわめいた。ひざまずいた姿勢でも、彼らの驚きが空気を介して伝わってくる。想定内の反応だった。アナスタシアはたった今、十七年間秘匿《ひとく》されてきた最後の事実を一方的に暴き立てたのだから。

史実を知る者は不審感をもって、知らぬ者は疑惑の目で、中央にひざまずく娘を凝視する。全身に突き刺さる注目に一瞬気が遠くなりかけたが、意志の力でこらえた。

「銀の聖女は、女神と同じ色をその身に宿し、女神を象徴する存在としてお役目を賜《たまわ》るものです。ゆえに——」

膝をついたままアナスタシアは顔を上げ、総主教の顔を真っ直ぐに見た。

「私が銀の聖女として叙任《じょにん》されたあかつきには、次期国王であらせられるオーランド殿下のもとに、教会から輿入《こしい》れするお許しをいただきたく存じます」

言い切った声が、高い天井に反響しながら消えていく。荘厳な大聖堂に束の間《つかのま》の静寂が訪れた。

アナスタシアの視線の先で、総主教の老獪《ろうかい》な目が思案げに細められる。

「ふん……なるほど。ここでそれを口にするか」

総主教は面白そうに口角を引き上げた。しかしその瞳は油断なくアナスタシアを注視している。

大それた要望を口にする娘がどれほどの器かを見極めようとする目だ。

大勢の参列者が固唾《かたず》を呑んで見守る中、総主教はふっとため息を吐き出す。そこにかすかに交じる、やれやれとでも言いたげな響きをアナスタシアは鋭く感じ取った。

「あなたは、その考えを教会がまったく検討しなかったとでも思うておるのか？」

「……いいえ」

「であろうな。女神と同じ色をもつ娘に特別な位を。ならば史実に従い、王家への輿入《こしい》れをと考えるのも必定《ひつじょう》。しかし結局それは見送られた。理由が分かるか？」

アナスタシアは言葉を詰まらせた。

答えられないのは、分からないからではない。この場にランズベリー公爵がいるからだ。

そもそも箝口令《かんこうれい》が敷かれた理由は、彼から王弟の罪を隠すためだった。娘婿の不義が明るみに出れば、公爵が王家に抗議することは確実であるし、場合によってはアナスタシアを取り立てようとする教会も煽《あお》りを食いかねない。なんせアナスタシアは王弟の不義によってできた子なのだから、公爵にとっては存在自体が目障りだろう。

長らく貴族社会の中心に君臨してきたランズベリー公爵には絶大な発言力があった。後ろ盾として頼った経緯から、国王ですら公爵には強く出られない。教会もなるべく彼を敵に回したくないはずだ。だから秘匿《ひとく》された事実のすべてを公表することは避けたのだ。

だが、クラリス嬢との婚約の流れを覆《くつがえ》し、アナスタシアがオーランドとの結婚を認められるためには、王家と女神の婚姻を明らかにすることが絶対的に必要だった。

なら、こちらから暴露してやればいい。

それが王弟の提示した案だった。

叙任《じょにん》の儀という場で当事者のアナスタシアがそれを口にすれば、立場的にも状況的にも表立って批判はされにくい。ランズベリー公爵もすぐにはアナスタシアの出自に気づかないだろうから、不意打ちで生まれたこの隙に、総主教と国王から結婚の許しを得るのが最も確実だ。

勝算は十分にあるはずだった。

教会にとってこの要望は決して悪いものではない。箝口令《かんこうれい》の敷かれたもう一つの事実を明らかにし、それになぞらえて王家に嫁ぐ聖女は、女神の神聖性を国民に印象づけるだろう。

教会さえ味方につけてしまえば、国王もその要望に耳を傾けざるを得まい。

しかし、総主教の反応はアナスタシアの想像と微妙に異なるものだった。そのことにざわざわとした不安を覚えながら、アナスタシアは口を開く。

「……王太子殿下のご結婚は、国全体に関わる事案です。多方面へ及ぼす影響を懸念してのご判断だったと推察いたします。しかしながら、私のお願いは決して、教会にとっても国にとっても不利益なものではないはずです」

ランズベリー公爵の名をあえてぼかした答えに、総主教は小さく鼻で笑った。

「さて、それはどうであろうな」

「どういう意味でしょう」

「我々は銀の聖女の肩書きを名ばかりの飾り物にするつもりはない。もしあなたが妃の地位を得たとして、銀の聖女の務めをどれほど果たせる？　王家と教会の意向が対立したとき、あなたはどちらの味方をする？」

思ってもみない問いかけにアナスタシアはわずかにたじろいだ。

「……どちらの味方でもありません。両者にとってより良いと思われるほうを支持するだけです」

王家と教会は協力関係にあるのだから、その協調を導くことが結果的には両者を利することになる。

正しい答えのはずだ。

それとも総主教は、アナスタシアにいついかなるときも教会の意に従う傀儡《かいらい》になれとでも言うのだろうか。

探るような眼差しを、しかし総主教は無表情で受け流す。彼の真意がどこにあるのか、アナスタシアは掴みかねていた。

「模範的な回答だな。だが、妃となったあなたにそれは無理であろう」

「なぜそのように言い切れるのです」

「むしろなぜ中立でいられるなどと思えるのか。我々はあなたが修道女見習いとして出仕《しゅっし》を始めた頃から、その振る舞いを観察していた。社交界での評判も耳にしている」

その言葉が出た瞬間、ひやり、と冷たいものが背中を駆け下りた。

真っ先に頭に浮かんだのは、デビューの夜の出来事だ。挨拶回りもまともにできず、逃げ帰った宮廷舞踏会。

「物腰の優雅さはさすが侯爵令嬢というところか。だが、芯の強さや威厳という面ではどうだ。二つの大きな権力の間で板挟みになってもあなたは耐えられるのか？　それが生涯続くとしても？」

その声に嘲るような色はいっさいない。ただの客観的な評価として述べている。だからこそ刺さった。

「王太子オーランドとは恋仲らしいな」

唐突に言及され、頬がかっと熱を帯びる。

「こたびの叙任《じょにん》を王太子に認めさせるのもずいぶん手間取った。よほど大事にされているようだな。妃となれば、王宮の中でさぞかし大切に守られるのであろう。政治の矢面に立たされることもなく」

口調はあくまでも理知的だ。けれど、その裏にある感情にアナスタシアははっと感づく。

つまり総主教は、王家を信用していないのだ。

強引な手を使って銀の聖女の叙任《じょにん》を推し進めた彼だ。箝口令《かんこうれい》という王家からの一方的な圧力に、かねてから相当な不満を燻《くすぶ》らせていたのだろう。

なのに、大事な聖女を王家と共有するなどとんでもない――総主教は、銀の聖女が妃になることで王家に囲いこまれることを警戒しているのだ。そしてアナスタシアの弱さとオーランドとの関係が、その疑念をより信憑性の高いものにしてしまっている。

障害は、ランズベリー公爵だけではなかったのだ。

「た、確かに……これまでの私には、頼りなく思われる部分も多々あったかと存じます。ですが、与えられた役割はきちんと全うする覚悟です。妃も、銀の聖女も――」

「ならば証明できるのか。今ここで。二つの重責を背負うことになったとしても、誰にも文句をつけられぬほど完璧にその役割を果たせると」

アナスタシアは歯噛みした。

本人ですら不安を拭いきれずにいることを、証明などできるはずもない。教会で具体的にどんな役割が自分に求められるかも、まだ判然としないのに。

「証明は……できません」

硬い声音《こわね》で絞り出せば、総主教の眉がそれ見たことかともち上がる。

口惜しいことにアナスタシアには、相手を納得させられる実績も弁舌《べんぜつ》もなかった。それでも、今言える最大限の言葉で訴えるしか、できることはない。

「そもそも未来がどうなるかなど、誰にも分からないことです。それを軽率に保証することのほうが不誠実かと存じます。私はそんな生半可《なまはんか》な気持ちで叙任《じょにん》を受け入れたわけでも、王家への輿入《こしい》れを望んだわけでもありません」

総主教の表情は動かない。

堂々としろ、虚勢でもいい——アナスタシアは必死に己に言い聞かせた。

今までのか弱い自分とはもう違うのだ。変わりたい。いや、変わってみせる。

せめてその覚悟だけは理解してもらいたかった。

「証明が必要ならば、これからの態度で示します。どうか輿入《こしい》れの許可を」

アナスタシアは誓いを立てる騎士のごとき恭《うやうや》しさで頭を下げる。

その場にいる誰もが総主教の下す判断に耳をすませていた。

しかし、即座に無情な一言がアナスタシアの望みを切り捨てる。

「ならん」

「……っ」

「今ここで示せぬのなら、その話はここまでだ。宣誓せよ。女神に身を捧げ、生涯独身を貫く誓いを立てるのだ」

「ま……待ってください！　それではあんまりです！　私は教会の要請に従って叙任《じょにん》を受け入れたのに、こちらの希望は一つも叶えていただけないのですか⁉」

体裁も忘れてアナスタシアは立ち上がっていた。

「あなたの希望は限度を逸脱している」

「ですがっ……！」

いっそ、宣誓と交換条件にしてでも。

その無謀な考えは、実行に移すまでもなく打ち消した。そんな無茶な理由で叙任《じょにん》を拒否すれば、宰相である父やブラッドレイ侯爵家への非難はどれほどになるか。

どうにかして説得を。

陛下にも許しをもらえるような、確固たる抗弁を。

「アナスタシア嬢、少し落ち着きなさい。重要な儀式の最中だ」

焦燥に駆られるアナスタシアの耳に、別の男性の声が届く。

深みのある渋い声は、年齢相応にやや枯れていた。けれど口調は力強く、威厳に満ち溢れている。

この声の主は――

振り返れば、ランズベリー公爵がまるで国側の参列者を代表するかのように中央へと進み出ていた。

その姿を視界に捉えるや、アナスタシアは足元から崩れ落ちそうな感覚に陥《おちい》る。

ここで公爵が口を挟む理由など、一つしか考えられない。王弟の罪に気づいたのだ。

ならば次に口にすることは決まっている。

彼はアナスタシアの輿入《こしい》れに反対するだろう。そうなったら、総主教の賛同すら得られぬ今、国王も公爵の意に背くような真似はあえてするまい。

銀の聖女の地位はともかく、オーランドとの婚約はもはや絶望的だった。

アナスタシアは頭が真っ白になり、その場にへたりこみそうになる。

だがそのとき、当のランズベリー公爵が場にそぐわぬ気楽な口調で問いを投げかけた。

「ときに総主教様。私には、いまいちよく分からぬのですが、一つお伺いしてもよろしいですかな？　なぜそこまでアナスタシア嬢の要望を撥《は》ね付けるのでしょう？」

そのすっとぼけた質問に、一同が一様にぽかんとした顔になった。一瞬無音となった堂内に、誰の口から発されたものか「は？」という間の抜けた声が響き渡る。正確な事実関係を把握している聖職者と王族関係者たちの中には、唖然《あぜん》と口を開けている者までいた。

それもそのはず、要望が認められぬ理由の一端は間違いなく公爵自身にある。それに気づいたからこそ彼は、アナスタシアと総主教の会話に割って入ったのではなかったのか。真意を確かめようとして人々の視線が彼に集中する。

しかしそんな周囲の反応を受けても、ランズベリー公爵は泰然《たいぜん》としていた。むしろ口元にかすかな笑みさえ浮かべているように見える。

そして非常に演技じみたしかつめらしい口調でのたまうのだ。

「私見ではありますが、王太子殿下と銀の聖女様がご婚姻となれば、非常にめでたきことと存じます。なんせ、オーランド殿下は三代ぶりに現れた王家の二色を正統に受け継ぐお方です。ましてアナスタシア嬢の女神の色は我が国始まって以来の奇跡かと。始まりの王と女神の言い伝えが真実ならなおのこと、なにを躊躇することがありましょう」

その言葉で明らかにほかの廷臣《ていしん》たちの態度が変わった。

確かにそうだ、喜ばしいことだと次々に追従する。

泡を食ったのはティリー侯爵だ。

「なにをおっしゃいます！　オーランド殿下の婚約者は我が娘に内定しておるのですぞ！　そう簡単に覆《くつがえ》されては、黙っていられませぬ！」

しかし、即座にランズベリー公爵が応じる。

「そもそも私はティリー侯爵のやり方を気に入らぬと思っていたのだ。教会を利用して王太子妃の座を得ようなど……先に王家を軽んじたのはそなただろう？」

「それは……」

「総主教様も、アナスタシア嬢が教会と王家の板挟みになることを憂《うれ》えていらっしゃるようですが、両者の調停役はもともと神祇官《じんぎかん》と王宮の礼拝堂の司祭が務めておりましょう。彼らの支えがあれば、アナスタシア嬢にばかり負荷が集中することはないかと存じます。聖職者に婚姻を許すのは前代未聞のことですし、ご判断を躊躇《ためら》うお気持ちは分かりますが、要望をお認めになるべきではございませんか？」

公爵はもっともな正論で総主教の説得にかかる。その姿を、アナスタシアはまだ信じられない気持ちで見ていた。

一体どういうつもりで彼はあんな発言をしているのだろう。公爵家にとって、アナスタシアが有力な地位に就くことは避けたい事態のはずだ。

もしや彼は、王弟とアナスタシアの血のつながりにいまだ気づいていないのだろうか。

そんな疑念までいだきはじめたとき、ふと、遠くから自分に向けられる視線を感じた。何気なくそちらに顔を向ければ、思いがけず視線は真正面からぶつかる。

自分を見つめる人物が誰かを認識して、アナスタシアは瞠目《どうもく》した。

その人物――オーランドはこちらと目が合うなり、まるで自分だけの宝物を見つけたように相《そう》好《ごう》を崩した。

互いの顔を直接見るのは、あの日以来のことだった。

なのに彼の表情には、怒りも疑いも、アナスタシアに対するどんな負の感情も見当たらなかった。喜びとも安堵《あんど》ともつかぬ思いが唐突に込み上げて、抑えようもなく目頭が熱くなる。こんなところで泣くわけにはいかないのに。それでも潤む瞳は止められない。

だって、彼がなにをしてくれたか、分かってしまったから。

これだけの驚きの渦中にあってなお、オーランドは優雅に落ち着き払っていた。最初からこういう流れになることが分かっていたみたいに。それは暗に、彼が公爵となんらかの取引をしたことを示している。詳細なところは想像もつかないが、公爵の行動は彼が指示したものなのだ。

アナスタシアは、こぼれ落ちそうな涙を必死に呑みこみながら、どうして、とただそれだけを心の中で繰り返す。

自分はオーランドを突き放して、なにも言わずにここまで来たのに。

そうせざるを得ない事情はもちろんあった。けれど、裏切り者と罵《ののし》られても仕方がないと思っていたし、理不尽に振り回して信用を失うことも覚悟していた。

なのに、結局オーランドは、いつだって容易《たやす》くアナスタシアを受け入れて、手を差し伸べてくれるのだ。

与えられる愛情の深さに胸が震える。今すぐ彼のもとに駆けつけてその優しい腕の中に飛びこんでしまいたかった。けれど、今はまだそのときではない。

感極まる内心をアナスタシアは懸命に押し隠し、ランズベリー公爵たちのやりとりに耳を傾ける。

総主教にはもう反論の意思がないようだった。もとより公爵は教会でもおいそれと歯向かえる相手ではないし、公爵がここまで言えば王家もまさか銀の聖女を独占するような真似はできまい。

了承せざるを得ない流れに総主教は若干不貞腐《ふてくさ》れた様子を見せつつ、それまで沈黙を守っていた国王に水を向けた。

「さてライアン王。ランズベリー公爵はあのように言っているが、あなたはどう考える」

壇の真ん前に立ちふさがるように仁王立ちしていたランズベリー公爵が一歩脇に避けると、逡《しゅん》巡《じゅん》している陛下の様子がアナスタシアの位置からも窺《うかが》えた。

だが、彼の思案は短いものだった。

「――そうだな、そのほうが当人たちの希望にも沿うだろう。異存はない」

懸念されていたランズベリー公爵と教会の問題が解消されたためか、国王の決断はあっさりとしていた。

たった一人わりを食う形になったのはティリー侯爵だ。

「陛下！　なぜです！」

彼はとがめるような口調で国王を呼び立てると、敵意に満ちた眼差しをアナスタシアに向けた。

その形相は怒りに煮えたぎっている。なにかするつもりかと周囲の人々の間に緊張が走った。

しかし次の瞬間、侯爵の憤怒の形相は綺麗に消え去り、代わりに浮かんだのは媚《こ》びへつらうような笑みだった。

「お待ちください、みなさま。私は大事なことを思い出しましたよ」

気味の悪い猫なで声が場の注目を一挙に集める。

「アナスタシア嬢の生母は確か、マーシャル子爵夫人でありましたな。昔、王弟殿下と恋仲にあった」

ティリー侯爵は演説でもするかのように仰々しい足取りで壇の正面中央までやってくると、くるりと向きを変えた。そして、彼の発言にざわつく参列者たちを見渡し、愉快げに口角を引き上げる。

侯爵がなにを言わんとしているかは明白だった。

「この事実と、先ほど明らかになりました史実を踏まえれば、おのずと導かれるものがありますな。女神が我が国最初の王妃であったのであれば、それと同じ色をもつアナスタシア嬢の父親は——」

おそらくこのとき、真実を知るすべての者が、侯爵の暴走を止めるために行動を起こそうとしていた。しかし、真っ先に彼の発言を止めたのは、公爵に後ろ暗さを抱える国王でもなく、真実を知らしめたくない総主教でもなく、アナスタシアを守りたいオーランドでもなかった。

「ティリー侯爵」

凛としたその呼び声は、しかし、柔らかい透明感をもって人々の耳に届いた。

「私の出生について、いたずらに詮索しようとするのはおやめいただけますか」

アナスタシアはゆっくりと足を踏み出す。

このときアナスタシアの心を占めていたのは、純然たる怒りだった。自身の要望を通すための計算すらなく、ただただ純粋に目の前の男を許せない気持ちが全身を突き動かしていた。

自らの野心のためだけに、この男は一体なにを口にしようとしている？

壇の中央にたどりつけば、こちらを振り返った侯爵と壇の上下で視線が交錯する。

国の軍部を統括する男の鋭い視線の圧を、アナスタシアは真っ向から受け止めた。

「私がこの世に生を受け、今日まで健《すこ》やかに過ごしてこられたのは、子爵家や侯爵家の父母、そして周囲の方々の存在があったからこそです。——私の出生について批判することは、私の引き継いだ女神の色彩を否定するものとお心得ください」

自分のために道を作ってくれた彼らのことを、誰に批判させるものか。

胸にあったのはただその一念だった。

独善的であっても、こじつけであっても、大切な人々を守れるならそれでいい。そのためなら、生まれもった色だって利用してやる。

臆せず堂々と軍務卿を牽制《けんせい》した娘に、人々は言葉を失う。

「退場願おう、ティリー侯爵」

総主教がそう指示を出してようやく止まっていた時間が動き出した。

ティリー侯爵もさすがに引き際を悟ったらしく、教会付きの騎士たちに囲まれると、抵抗することなく外へ連れ出されていった。

この場に、アナスタシアの願いを否定する者はもういない。

総主教が呼びかけると、儀式は何事もなかったかのように続きの進行へと戻っていく。

そうしてアナスタシアは、銀の聖女の位とともに王太子の婚約者という新たな肩書きを与えられ、女性として異例の躍進をもって式を終えることとなった。

人々の祝福の中、無事に叙任《じょにん》の儀を済ませたアナスタシアは、式が終了するやいなや衣装の裾が乱れるのもかまわず聖堂内の廊下を駆け出していた。目指す先には、王宮へ戻ろうとする男たちの一団があった。

大聖堂の正面には、王家の所有する大型の馬車がすでに何台も停まっている。目を凝らして見れば、ちょうどその扉が大きく開かれて、高位の者から順に乗りこもうとしているところだった。

「待ってください……オーランド様！」

懸命な少女の声に、その場の幾人かが振り返る。彼らはすぐに用件を察し、からかいの交じった笑みで道を開けた。その合間を通り、誰かが輪の中から抜け出してくる。

その姿を目にして、アナスタシアの胸はこの上なく高鳴った。

先に行っていいと御者に身振りで指示してこちらにやってくる彼は、儀式での様子となんら変わりなく、いつもどおりの優雅な王子様だ。

胸がいっぱいになってアナスタシアが言葉を詰まらせていると、オーランドは呆れたのか降参したのかよく分からないため息をついて、場所を移そうと言った。

彼が向かったのは、大聖堂を中心とした教会施設のすみにあるこぢんまりとした庭だった。

余ったスペースを片手間に整えたといった風情のそこは、もちろん見苦しくない程度には手入れされているものの、ひと気はない。ゆっくりと話をするにはちょうどいい場所だった。

アナスタシアは中央に植えられた大樹のそばに寄り、深く呼吸する。まずはお礼を言わなければならない。自分の要望が通ったのは、間違いなく彼のおかげだから。

しかし、意を決して振り返ると、オーランドは庭に入ってすぐの場所で立ち止まっていた。二人の間には不自然な距離ができている。

「あの……やっぱり、怒っていらっしゃいますか……？」

おそるおそるアナスタシアが尋ねると、オーランドは不思議そうに瞳を瞬いた。

「怒る？　なにに対して？」

「私が、なにも言わなかったことに対して」

教会の叙任《じょにん》を受けると伝えたとき、オーランドはひどく動揺していた。

たぶん、とても不安にさせた。とても……傷つけた。

アナスタシアはあのときすでに、叙任《じょにん》式でオーランドとの結婚を願い出ると決めていた。言えるものなら言いたかった。言えない理由があったのだ。

でもそれは、傷つけた側の事情でしかない。

けれどオーランドは、怒っていないよ、とはっきり否定する。

「ティリー侯爵やランズベリー公爵に君の計画を悟られて、叙任《じょにん》の儀の前に横槍を入れられるのを警戒したんだろう？」

「そうです……けど……」

特にティリー侯爵に計画を知られれば、実力行使に出られる可能性があった。三人目の妃候補だった令嬢の家が失脚した件にも、侯爵が一枚噛んでいたという噂があるのだ。

「僕が動けば目立つし、君を婚約者候補から外しておいて僕が平然としていれば間違いなく怪しまれただろう。結果を見れば分かるよ。君は必要なことをしただけだ」

確かな断言はアナスタシアの胸に安堵《あんど》をもたらした。だが、あまりにもあっさりとした彼の反応にはいささか拍子抜けもする。

「オーランド様は、分かっていたのですか？　私がこうすることを」

アナスタシアの問いかけに、オーランドは力なく苦笑した。

「いいや。……同じ気持ちであればいいと、願ってはいたけれどね」

さりげなく伏せられた目には、かすかに陰《かげ》りが落ちる。

やはり、自分のしたことは少なからずオーランドを苦しめたのだ。

自覚すると同時に、謝罪すべきでないことも分かってしまって、アナスタシアはきゅっと唇を引き結んだ。

「どちらにしろ、諦めるつもりはなかったから、君を手に入れるための算段はしていたんだ。ランズベリー公爵を味方につけたのはその手始め」

「……どうやって、ランズベリー公爵を説得したのですか？」

一番の疑問を口にすると、オーランドはなんでもないことのように口角を引き上げた。

「ちょっと取引をしただけだよ。ほら、ランズベリー公爵家は跡取り問題が長年の懸念事項だっただろう？」

「……長らく直系の男子に恵まれなかったそうですね」

ゆえに公爵家は跡取りがずっと不在だった。莫大な財産と権力を直接血縁関係にない婿養子に継がせるのも争いのもとになるため、この問題は長年公爵を悩ませていた。

「ですが、他家にお嫁入りした公爵のご令嬢のお一人が数年前に男児を生んで、公爵家に養子として引き取られましたから、今はその子が公爵家の跡取りとなったのではないですか？」

「そうだよ。だから今は跡目教育の真っ最中。けれど、公爵も高齢だからね。いつまで自分が面倒を見てやれるものかと心配している」

言われてアナスタシアも、そうかと気づく。

今の公爵家の力は、公爵自身の実績と人望に支えられている部分が大きい。もし跡取りが貴族社会で十分な立場を確立する前に公爵に万が一のことがあったら、公爵家は弱体化するだろう。

「だから、跡取りの子がある程度の年齢になったら、僕の側近として取り立てることを約束した。もちろん公爵になにかあった場合もできる限り支援する。代わりに王弟の不義には目をつぶり、僕らの結婚を認めることに同意してもらったんだ」

「そういうことだったのですね……」

そう相づちを打ちつつも、アナスタシアは微妙なひっかかりを覚えていた。

ランズベリー公爵ならば、わざわざオーランドを頼らずとも跡取りの後ろ盾くらいいくらでもあてがありそうだ。それに、オーランドの約束はずいぶん先のことで、必ず果たされる確証もない。

この取引は、公爵にとってそれほど利があるものだろうか。

けれど、裏を返せば。

ゆくゆくは国王となるオーランドにとって、現当主亡きあとの公爵家から力を削《そ》ぐのは決して難しいことではないだろう。実際に手を下すつもりはなくとも、取引を蹴ればそういった可能性もあるのだと公爵に不安を与える程度のことは、駆け引きの手立てとして普通にありえそうだった。なかば脅迫じみてはいるけれど。

「どうかした？」

何気ない問いに思考を中断されて、アナスタシアは慌てて表情をつくろう。

「……なんでもありません」

真相は分からないが、あえてはっきりさせようとは思わなかった。

アナスタシアが大切な人を守るために己の立場を利用したように、オーランドもただ目的のためにとりうる手段をとっただけなのだと思う。わざわざすべてを確かめる必要はない。

自分の中で結論づけ、アナスタシアが黙って微笑むと、その意図はオーランドにも伝わったらしい。軽い頷きとともに麗しいその顔に浮かんだ表情は、この庭に入ってきたときと同じ、どこか遠慮がちなものだった。

「……うん、だから、僕が気にしてるのは別のことだよ。僕は……君に謝らないといけないことがある」

「え……？」

まったく心当たりがないアナスタシアは目を丸くする。

「女神の事実を明らかにして結婚を願い出ることを君に提案したのは王弟？」

アナスタシアがおずおずと頷くと、オーランドは決まり悪そうに笑った。

「実は僕もね、気づいていたんだ。そういうやり方もあるのだと」

「な……どうして、言ってくれなかったのですか……？」

つい尋ねてしまったものの、答えはなんとなく分かるような気がした。

「それでは君の負担が重すぎると……君の覚悟を信じることができなかったんだ。本当にすまない」

目の前でオーランドの頭が深く下がる。さらりと流れる美しい金髪を、アナスタシアは呆然と眺めた。

——だって。そんなことは、オーランド様が謝罪することではないのに。

確かにアナスタシアは結果的にそれを成し遂げた。だが、彼の判断はなにも間違っていない。問題は明らかに、信頼を積み上げてこられなかったアナスタシアの側にある。自信がなくて頼りない。そんなふうに言われるようにしか振る舞ってこなかったのだから。

オーランド様は悪くない、とそのままを伝えようとして、けれど踏みとどまる。そうしたらきっと、オーランドはまたアナスタシアを過剰にかばおうとするに違いないのだ。

だから代わりに、アナスタシアはふっと小さく笑った。

「……なら、見直していただけましたか？　私のこと」

きょとんと顔を上げたオーランドを、小首を傾げて見つめる。

自分の弱さとは、一人で向き合うべきだ。だから強がった。強くなりたかった。

なのに。

「ああ――惚れ直したよ。強くなったね、シア」

オーランドが太陽のように顔を綻《ほころ》ばせ、ほしかった言葉を容易《たやす》く与えてしまうものだから、ずっと抑えつづけていた涙はいとも簡単に溢れ出してしまった。

思わず身体を震わせれば、すぐさま歩み寄ってきたオーランドの温かい腕の中へ招き入れられ、頬にハンカチを押し当てられる。

「君は思いのほか泣き虫だね」

間近からくすくすと明るい声が降ってきた。

「も、もうしわけ、ありませ……っ」

「いいよ、僕の前でなら、いくらでも泣けばいい。でもそれ以外の場所では我慢して」

はっきりとした言い方が意外で顔を上げると、柔らかく微笑むオーランドの前髪が日を反射してキラキラときらめく。

「君は僕の妃になるのだから、安心して一人にできないようでは困る」

厳しい言葉は、彼の隣に並び立てるようになったことの証だ。けれどすぐに、「でもこれだけは忘れないで」と甘い口調が続く。

「僕はいついかなるときも、シアの味方でありつづける。だからシアも、僕のそばから決して離れないで」

安堵《あんど》をもたらす大きな手が、濡れた頬を包みこみ、流れ落ちるしずくを拭った。

「君なしでは生きていけない」

耳元に落とされた囁きに、アナスタシアは頬を紅潮させ、何度も頷いた。

「もう、逃げません……」

「うん」

涙の交じったみっともない声にも、温かな答えが返る。

せっかくハンカチを渡してくれたのに、結局オーランドの礼服に顔を押しつけてしまって、気づいたときにはすでに上質な生地にはいくつも染みができていた。

それでももう、ほんの少しも離れたくないのだから仕方がない。彼も同じ気持ちだと言うように、強い腕が互いの身体をぴったりと引き合わせる。

二人の間の言葉が途切れると、晴れ渡った秋の空に大聖堂の鐘が鳴り渡った。王都の人々に定刻を告げるそれは近く遠くこだまし、二人の佇《たたず》む庭に優しく舞い降りた。

第九章　女神の祝福

それからしばらく経った頃、二人の婚約はあらためて正式に発表された。

叙任《じょにん》の儀における顛末《てんまつ》はすでに人々に知れ渡っていたため、発表そのものは穏やかな祝福の空気に包まれていた。しかしただ一点、集まった貴族たちを唖然《あぜん》とさせたことがある。

王太子の態度だ。

常に王族としての威厳を保ち、冷めているとすら評されることのあったオーランドは、婚約発表の場で隣のアナスタシアにたいそう甘い表情を見せた。

『出会った頃から好ましく思っていたのです。妃にしたいとずっと望んでいました』

アナスタシアを婚約者候補から外すことになかなか同意しなかった経緯から、オーランドの想い人はすでに人々の察するところではあった。だが、とろけるような眼差しで婚約者を見つめる姿は、普段の彼とは別人のようですらあった。

とはいえ、戸惑い恥じらうアナスタシアの反応があまりにも初々しかったこともあり、二人の様子は微笑ましい恋人たちとしておおむね好意的に受け入れられる結果となった。

そして、数ヶ月後の結婚式に向けて慌ただしく準備が進められていたある日のこと。王太子の執務室に客人があった。

仕事の用事だろうかとかすかに眉を上げたオーランドの前で、元婚約者候補の彼女――クラリスは優雅に一礼する。

「アナスタシア嬢とのご婚約、心からお祝い申し上げます」

かしこまって告げたあと、にっと口元だけで微笑む。

彼女は今、女性の護衛騎士を制度化するために奔走《ほんそう》している。軍部における女性の登用はかねてより彼女が目標としていたことで、今回のことをきっかけにティリー侯爵がついに折れ、正式な計画として検討してもらえることになったのだ。

想定外の紆余曲折《うよきょくせつ》はあったものの、互いの目的は果たせたというわけだ。

「ありがとう。君もやりたいことに一歩近づけたようでよかった。……それを言うために、わざわざ執務室まで？」

「まあ、表向きはそうです」

「実際は？」

「オーランド様にお聞きしたいことがありまして。もしかして、私が妃の座にまったく興味をもっていなかったってこと、アナスタシア嬢にお伝えになっていないのではありませんか？」

「それは……そう、だね」

オーランドは微妙に視線を泳がせた。

クラリスはまったくと憤慨する。

「先日アナスタシア嬢にも婚約のお祝いを申し上げたのですけれど、気の毒なほど萎縮していらっしゃいました。『横取りするような形になってしまって申し訳ありません』なんて頭まで下げられて。私としてはむしろ助かったくらいですのに。説明しても、私に気を遣われているとお思いになったようでご納得いただくのに骨が折れました。どうしてお教えにならなかったのです？」

「いや……わざとじゃないんだ。ただ、クラリスの名前が話題に出るたびに困った顔をするのが可愛いなって思ってたら、つい……言いそびれて」

じわりと頬が熱くなるのを感じ、口元を手で覆う。

盛大なため息が聞こえてはっとクラリスに視線を戻すと、彼女は心底呆れたというようなじと目でオーランドを見ていた。

「色ぼけしておられますね」

「まあ、自覚はあるよ……」

なんせアナスタシアが内心の困惑を表すことなんてめったにないのだ。

みだりに感情を表に出さないのは淑女の嗜《たしな》みである。その点についてよく訓練されているアナスタシアは、基本的に常に控えめな微笑を浮かべている。それはそれで可愛いので、こちらもつい微笑み返してしまうのだが、だからこそ、ほかの表情が見られるのは貴重な機会だ。その理由が自分への好意ゆえの嫉妬ならなおのこと。

しかしそこで、デスクの小脇で書類を確認していたエリオットが、主君のぼけた思考にしれっと水を差した。

「それは単に申し訳なくていたたまれない顔をしているだけで、嫉妬とかではないと思いますよ。アンの性格を考えれば、この場合は嫉妬より罪悪感でしょう」

オーランドが呼ぶのとは異なる愛称をわざと強調するように発音する。口調には明らかに棘《とげ》が含まれていた。

「最近僕に対する当たりがきつくないか、エリオット？」

じっと疑いの眼差しを向けてみても、当の本人は知らんぷりで書類に視線を落としている。

ここ数日の彼はずっとこの調子だ。婚約が決まったときには、我がことのように喜んで祝ってくれていたのに、なにが原因なのかさっぱり分からない。

これは返事を期待できそうもないと諦めかけたところで、意外な方向から答えが示された。

「エリオット様は、アナスタシア嬢との面会のことでオーランド様に不服があるのでは？」

「不服……？」

エリオットに向けていた顔を戻してオーランドが首を傾げると、クラリスは「ええ」と頷いた。

「アナスタシア嬢にお祝いを伝えるために、先日エリオット様が面会に赴《おもむ》かれるのに私も同行させていただいたのです。でも、オーランド様が結婚式の予定をずいぶん早めてしまったでしょう？そのせいでアナスタシア嬢の神学修習の時間がまったく足りていないらしくて、今は面会の時間をとるのも難しいほどご多忙なようなのです」

「つまり……面会は控えてくれるようにとでも教会側に言われた？」

クラリスは黙って首肯《しゅこう》する。

オーランドは生暖かい目をエリオットに向けた。気持ちは、同じ境遇の者に対する同情に近い。彼の場合、今まで一緒に暮らしていたぶん、会えないことが想像以上にこたえているのかもしれない。なんせこの義兄妹の仲のよさはオーランドが嫉妬するくらいなのだから。

アナスタシアの身柄は叙任《じょにん》の儀からずっと教会預かりになっている。それは叙任《じょにん》の前から決まっていたことだからまあよいとして、問題はそこに王太子との結婚が付け加えられたことだった。

妃になれば、当然生活の場は王宮へ移さねばならない。しかし、銀の聖女という役目を賜《たまわ》ったアナスタシアは、聖職者としての教育を受ける義務がある。

ゆえに彼女は、通常の聖職者なら階位を上げるにつれて徐々に学んでいく歴史や作法を、結婚までの数ヶ月で詰めこまねばならなくなった。

婚約発表の時点でオーランドはそういった事情を察していたこともあり、アナスタシアへの面会を自ら最小限にとどめていた。期限が決まっている以上、面会に時間を割《さ》かせれば、そのわりを食うのはアナスタシアだ。その期限を決めたのもオーランド自身であるから、そのうえさらに負荷をかけることは避けたかった。

しかし、こうして自分以外の者にもその余波が及んでいるとなると心配になる。結婚式の時期はオーランドとしても譲れないので、エリオットには我慢してもらうほかないのだが。

「また無理をしていないといいんだけど」

ぽつりと独り言のように呟いてオーランドが顔をしかめると、書類をあらためおえたエリオットがとんとんと紙を束ねながら、また口を開いた。

「アンは勉強については要領がいいので大丈夫だと思いますよ。むしろ殿下が平気そうなのが意外です。アンに会いたいとは思わないのですか？」

「会いたいに決まってるだろう？」

オーランドは即答した。

「けど、大変なのはシアなんだから僕が音《ね》を上げるわけにいかないじゃないか。それに……顔を合わせてしまったほうが、いろいろ抑えがきかなくなりそうだから……」

長期間の辛抱のせいもあり、うっかり惚気《のろけ》じみたことがこぼれ落ちる。すると、エリオットとクラリスの眼差しがすっとぬるいものになった。

「二人とも、もう少し反応に気を遣ってくれてもいいと思うよ」

白けきった様子の彼らに、オーランドは控えめに抗議した。

・……——＊——……・

そうして寒さの厳しい季節を越え、日差しにぬくもりが戻りはじめた霞《かすみ》の立つ日、王都の大聖堂で大々的な婚礼が執《と》り行われた。

立ち会うのは、王宮内の礼拝堂でアナスタシアの行儀見習いを世話したレナード司祭である。

彼の前には今、金の王子と銀の聖女が腕を組んで立っている。壮麗な大聖堂には国の重鎮たちをはじめとして多くの貴人たちが列席していた。あいにく空は曇っているため、堂内に射しこむ光は少なく、薄暗い静謐《せいひつ》な空気に司祭の声だけが朗々と響く。

祝いの言葉に耳を傾ける人々は、中央の二人の姿にしきりに感嘆のため息をついていた。かねてよりその端麗《たんれい》な容姿で令嬢たちの憧れを一身に集めていた王太子の盛装は言うに及ばず。しかし、この日に限っていえば、場の視線を最も引きつけたのはその傍らに立つ花嫁であった。

穢《けが》れのない純白のドレスに輝くような銀の髪が流れ落ちる。ほっそりと華奢《きゃしゃ》な身体は儚《はかな》げで、神秘的ですらあった。耳飾りやドレスの裾できらめくのは、王太子の瞳の色に合わせたサファイアである。その晴れ姿は式の盛大さにまったく見劣りせぬものだった。

だが実は、この花嫁衣装を作るにあたって王家と教会はさっそく小さな諍《いさか》いを起こしていた。

王家側は「王太子妃となるのだから、ドレスは王家にふさわしい華やかさと品のあるものを」といい、教会側は「銀の聖女の歴史的な婚礼なのだから、女神の神聖性を象徴するようなドレスを」と主張し、互いに一歩も譲らなかったのだ。

辟易《へきえき》したのはブラッドレイ侯爵だ。ドレスの用意は花嫁の実家が最も気を遣う部分である。彼は王家と教会がそれぞれひいきにしている仕立て屋を同時に呼び出し、双方が納得するドレスを作ってくれとかなり無理を言って依頼した。

国内でも指折りの二つの仕立て屋が協力し、苦心の末に渾身《こんしん》の力を注ぎこんで仕立てた衣装。それが今アナスタシアが身にまとうウェディングドレスなのである。

しかし、そんな事情など知らぬ人々は、この世のものとは思えないほどの美しさにただ感動するばかりであった。

祝詞《のりと》を高らかに読み上げた司祭は最後の言葉をこう結ぶ。

「我らが未来の国王とその妃に、女神の祝福があらんことを」

司祭が促すと、王太子が誓いの口づけを交わすために花嫁のベールをもち上げる。

そのとき、空を厚く覆っていた雲が晴れ、聖堂内に光が射した。

顔を上げた花嫁の上に、ステンドグラスの色彩がキラキラと降り注ぐ。

隣に立った王太子がなにかを囁くと、二人は柔らかに微笑み合った。

そうして彼らはどちらからともなく顔を寄せ合い、唇を重ねる。

光に包まれたその姿はまさに天からの祝福を受けるがごとく、参列した者たちはみな言葉もなくその眩しい光景に目を奪われていた。

・・・・・・―――*―――・・・・・・

たくさんの人たちに祝われて、長い一日を終えた夜。

夫婦の寝室に入ったオーランドは、薄い夜着と下着だけを身につけた妻の姿を目にするなり、華《きゃ》奢《しゃ》な身体を抱き上げて寝台に組み敷いた。

その忙《せわ》しない様子に、赤い瞳がかすかな驚きをにじませてオーランドを見上げる。

「ごめん、もう我慢できない……」

言い訳のようにそれだけを告げると、オーランドは返事も聞かずに愛らしい唇に吸い付いた。

「ふ、ん……っ」

「口を開けて」

端的な指示にもアナスタシアは素直だ。おずおずと開かれた唇の間にオーランドはすぐさま己の舌を押しこむ。とろりとした唾液と柔らかな口内の甘さを感じ取り、その現実感に全身が歓喜した。

ようやく触れられた——長かった。

婚約してから結婚するまでの数ヶ月、アナスタシアが多忙だったこともあり、二人は数えるほどしか顔を合わせていなかった。その間、身体を重ねることはおろか、キスすらしていない。オーランドの我慢はもはや限界に達していた。

その肌の柔らかさをすでに知っているというのもまずかったのだろう。一度甘美な悦《よろこ》びを味わってしまえば、より求めてしまうのは必然だ。

あまりにもアナスタシアに飢えていたので、誓いの口づけで舌を挿しこみたくなったほどである。踏みとどまった自分を褒めたい。

ようやく愛しい人を抱きしめたオーランドは、その存在をくまなく堪能しようと狭い口内を熱心に探り回る。健気な彼女は息を乱しながらも懸命に応えようとして、その不慣れな様がさらにオーランドを煽《あお》った。

「シア……好きだ」

小さな口から伝う唾液を舐め取り、たまらず言葉にすれば、美しい瞳がじわりと潤む。上気しつつある頬も、濡れた唇も、緊張しながらすべてを委《ゆだ》ねきっている身体も、なにもかもがオーランドを魅了してやまない。

今夜は待ち望んだ初夜だ。

ゆっくりと時間をかけ、すみずみまで彼女を愛するつもりだった。

ゆったりとした夜着をめくって脱がせると、奥ゆかしい二つの乳房がさっそく眼前にさらされる。包みこむように手で触れれば、ちょうど収まってしまう絶妙な大きさだ。

「君はどこもかしこもあつらえたように僕にぴったりだね」

手の中でふくらみを弄《もてあそ》びながら言うと、アナスタシアは恥じらうように目を逸らした。小さな胸を気にする姿も実に愛らしいのだ。

もはや彼女がなにをしても可愛いとしか思えない気がする。

そんな惚けたことを考えつつ、オーランドはしなやかな肢体を手と舌で丹念《たんねん》に愛撫した。

赤く色づく頂点を指でこね回しながら、白い肌にいくつもの印をつける。首筋や鎖骨、胸元だけでなく、肩や二の腕など、表に出ているすべてに唇を這わせていく。脇の下にまで至ったところで、アナスタシアが「ひゃんっ」とか細い鳴き声を上げた。

「そ、そんなところ……くすぐったいです」

「君のすべてにキスしたい」

馬鹿みたいな台詞を大真面目に告げると、アナスタシアは顔を真っ赤にして泣きそうになる。

「いや？　シアがいやならやめるけど」

オーランドは眉を下げて首を傾げた。

「……っ、いや……では、ないです、けど……」

「なら、よかった」

にっこり微笑んでみせれば、彼女はそれ以上なにも言えなくなる。だから、オーランドは遠慮なく腕の内側へと舌を這わせていった。もちろん左右両方ともだ。

唇を結んでくすぐったさをこらえる妻は大変いじらしく、ついしつこくその魅惑的なくぼみを味わってしまう。押し殺した声が思わずといったふうに漏れるのも、えも言われぬ淫靡《いんび》さがあるのだ。

触れるか触れないかの繊細なタッチで撫で上げると、ぴくぴくと細い腰が跳ね、涙ぐんだ瞳がすがるように歪む。

形のよい乳房を揉みしだき、硬くしこった蕾を指の間に挟むと、アナスタシアの小さな口からこぼれる吐息は、徐々に切羽詰まったものへと変わっていった。その耳元でオーランドは吐息交じりに囁く。

「シア、どう？　僕は君を気持ちよくしてあげられてる？」

感じるあまり声を出すことができないらしい彼女は、代わりにこくこくと懸命に頷いた。

「嬉しいな。……ここも、そろそろほしくなってきた？」

薄いお腹の上をたどり、まだドロワーズに隠された恥丘を手のひらで包みこむ。目の前の小さな耳が即座に恥じらいの色に染まった。

「どうしてほしいか僕に教えて」

興奮のためやや上擦った声でねだりつつ、手の中のそれぞれのふくらみをゆるゆると揉む。アナスタシアは羞恥をこらえるように目をつむり、それからため息のような声で答えた。

「あ、あの……私も、オーランド様に、なにかしてさしあげたいです……」

思わぬ言葉を返され、オーランドの理性は瞬間的に焼き切れそうになる。危ういところでこらえると、なけなしの忍耐をかき集め、最大限の穏やかさで応じた。

「シアは全部僕に委《ゆだ》ねてくれていればいいんだよ」

「でも……私ももう、初めてではないので……」

そう言って、ふっくらとした頬に薔薇色を上らせ、もじもじと視線をさまよわせる。それでも、こちらの寝衣を握る指にはきゅっと力がこもり、その意志の固さを主張している。

オーランドは喜びのあまり快哉《かいさい》を叫びそうになった。だが表面上は、そんな内心を綺麗にしまいこみ、妻の身体を柔らかく抱きしめるにとどめた。

そして秘め事を口にするように、努めて慎重に望みを言う。

「じゃあ……触ってくれる？」

頷くアナスタシアの表情に怯えの色がないことを確かめると、オーランドは手早く寝衣を脱ぎ捨てた。それから小さな手を掴み、すでに期待だけではち切れんばかりのそれに導く。

「あ……」

男の熱に触れてアナスタシアは戸惑いを見せるが、逃げようとする素振りはない。オーランドは妻の反応を注意深く窺《うかが》いながら、自分の手を添えてしっかりと握らせ、扱《しご》くように促す。すぐに彼女は自発的に手を動かしはじめた。

「は……っ」

オーランドは思わず熱い吐息を溢れさせせる。

――これは……まずい。よすぎる。

慣れない手つきには当然テクニックなど皆無だけれど、逆にそれが初々しくていい。初めて手で触れる男性器に目元を赤らめながら、必死にオーランドを気持ちよくしようと奮闘する健気さが最高にぐっとくる。

世間では清らかな聖女である彼女がこんな淫らな奉仕をしてくれるのは自分に対してだけなのだ。妻の可愛さを誰にともなく自慢したくなる。いや、彼女の可愛さを知っているのは自分だけでいい。

馬鹿みたいにのぼせ上がった思考は、愛しい妻による愛撫で早々に霧散《むさん》する。徐々に滑らかになってきた手の動きは血管の浮き立つ表面を擦り上げて、腰に甘い痺れをどんどん送りこんでくる。オーランドも負けじとドロワーズの内に手を差しこんで敏感な突起を弾けば、アナスタシアはぎゅっと眉を寄せて身を縮こまらせた。けれど手は止めない。

「オーランドさま……身体が、あついです……っ」

「僕も……気持ちいいよ、シア……」

「ぁ……んんっ、やぁん……」

互いに互いの性器を愛撫し合い、熱い吐息を交わらせる。まだ身体は交わっていないというのに、淫猥な一体感に押し包まれて、ふわふわとした幸福感のようなものまで込み上げてくる。

花芽の裏筋を執拗に爪の先でかけば、そのたびに細い身体がびくびくと反応する。温かい愛液が次々にこぼれ出して、その内側でどれほどの快感がほとばしっているのか、想像するだけで己の下半身にも熱が集まっていく。そしてそれを催促するように、愛らしい手がオーランドの熱をつたなくも刺激するのだ。

「あぁ、はっ……オーランドさま、もう……っ」

アナスタシアがそう訴えたのは、充血した花芽がぷっくりと腫れ上がって今にも限界を迎えようとしていたときだった。

「いいよ、そのまま感じて」

言うが早いか、小さな身体が緊張と弛緩を繰り返す。指先で触れた突起もひくんひくんと絶頂を伝えて、その卑猥な感触にオーランドはごくりと喉を鳴らした。

しどけなく横たわったアナスタシアは、はぁはぁと小さな口を開けて必死に空気を取りこんでいる。赤みを帯びた肌は全体的にしっとりと汗ばんで、その様子はひどく官能的に見えた。

頭からつま先までを鑑賞するように眺めたオーランドの視線は、自然と下半身を覆う布地へ向かう。

――邪魔だな。

オーランドは男の欲望が赴《おもむ》くまま彼女の足元に移動し、ドロワーズを引き抜く。そして両膝に手をかけ、普段は隠されているその場所を大胆に開かせた。

「やぁ……まって、まだ私……っ」

制止の声も、今はオーランドの耳を右から左に抜けていく。それくらい目の前の光景に夢中になっていた。

久しぶりに目にしたそこはやはり何度見てもエロいと思う。もとの肌が白いから、粘膜の濃い桃色が映えるのだ。加えてそこを濡らす愛液がてらてらと淫靡《いんび》な光沢を添えて匂い立つような色香を放つ。

吸い寄せられるようにそのあわいに舌を這わせると、ぴくんっと彼女の腰が跳ねた。逃げようとする動きはおそらく無意識なのだろう。オーランドは両の腿《もも》に腕を回して押さえつけると、水音を立てながら遠慮なくそこを舐め回した。

「あぁぁんっ、オーランドさまっ、まって！　まだ熱い……」

甘えるような声を上げてアナスタシアは腰をくねらせるが、オーランドに手を止める気はなかった。

「もっと熱くなるよ。大丈夫、ココは喜んでいる」

それだけを返して、ますます赤く充血する秘裂を舌でかき回し、快楽に身じろぎする彼女の痴態《ちたい》に熱い視線を注ぐ。

ゆっくりしてやることなどもはや不可能だった。

アナスタシアがいけないのだ。自分もなにかしたいだなんて、健気なことを言うから。最終的にはどうせ貪《むさぼ》り尽くすのだが、せめてはじめは丁寧に進めてあげようと思っていたのに。その程度の余裕すら奪い去ってしまった。

オーランドが舌を挿しこむと、そこはひくひくと反応して、もっと奥に誘おうとする。そんなふうにされたら、一刻も早く一つになりたくてたまらなくなる。

ちゅうちゅうと音を立てて花芽を吸うと、いやいやというようにアナスタシアは身をよじった。けれど本気でいやがっているわけでないことは力加減で分かる。

「あぁ、やっ……だめ、またきちゃう、きちゃうから……オーランドさまっ」

シーツをぎゅううと握りしめて泣き言を口にする姿すら、オーランドを興奮させる。そのことに彼女は気づいていないのだろうか。そんな涙目で見つめられたら、もっといじめたくなってしまう。

蜜壺にじゅぶっじゅぶっと舌を抜き挿しして、花芽を指先で転がした。しばらくそれを続けると、彼女のつま先が徐々にぴんと伸びてきてイク準備を始める。だからオーランドはよりいっそう激しくアナスタシアの敏感な場所を攻め立てた。

「やあぁぁんっ」

先ほどよりも大きな痙攣《けいれん》とともに彼女は果てる。くったりと力尽きる身体。オーランドは頂点を極めたばかりのそこへ間髪をいれずに己の剛直を突き立てた。とろけきった中が待ちかねたようにきゅうと男の熱を締めつける。

「やあっ……待って！　こんなに続けてされたら、おかしくなってしまいます！」

「いいよ、おかしくなって。シアがぐずぐずになったところ、見たい」

「や、優しくない……」

「そう？　ちょっと性急かなとは思うけど、これでもできる限り優しくしてるつもりだよ？　シアが可愛すぎるのがいけない」

オーランドはにっこりと微笑んだ。アナスタシアが言葉を継げずにいるうちに腰を揺すると、細い脚が突っ張り、すがるものを探すようにシーツをかく。背中が弓なりに反り返って白い喉がさらされる。

アナスタシアの身体に力がこもるほど、内側に収まったそれもやわい襞《ひだ》に扱《しご》かれて、たまらない快楽が生み出された。出し入れするたびに熱い疼きが背すじを駆け上がり、情けない声が漏れそうになる。

あまりに気持ちがよくて、オーランドは夢中で腰を振った。忍耐なんてもう微塵も残ってはいない。ずっと我慢していたのだ。もっとアナスタシアを感じたい。そして感じさせたい。

彼女のいいところを突くと、二人の交わった場所から愛液が滴って、ぽたぽたとしずくが落ちる。シーツを濡らすほど溢れているそれに気づいてアナスタシアが声を上げた。

「だめ、汚しちゃう……っ」

「いいよっ、そんなの、気にしなくて……！」

「でもっ、はずかし……っ！」

おそらく翌朝シーツを片付ける使用人の目を気にしているのだろう。慣れるしかないことなのに、その真面目さが好ましくもあってオーランドは口角を上げる。

シーツを掴んで上方に逃げようとする彼女の腰を掴むと、その最奥に己の熱をぐりぐりと押しつけた。同時に剛直の根元が張り詰めた花芽を擦り上げて、びくっと腕の中の身体が震える。

「あ……はぁ……っ！」

アナスタシアがまた軽く達する。だが、オーランドは抽挿をやめなかった。絶頂の収縮に合わせ、男を呑みこもうとするように膣が締まる。腰が抜けそうなほど気持ちがいい。途方もない射精感がせり上がってくるが、イッてしまうのがまだ惜しくて、奥歯を噛み締めて耐えた。

「僕らの、仲がいいのはっ、むしろ喜ばしいことだよ……っ、恥ずかしがることなんてない……っ」

がつがつと中を穿《うが》ちながら言い聞かせると、彼女は身悶えしながら首を横に振った。そんな頑《かたく》なところも大好きだけれど、今は素直に快楽に堕ちてきてほしい。今夜は特別な夜なのだから。

「オーランド、さまっ……はあ、もっ、わたし……っ！」

オーランドが動きを緩めぬせいで、アナスタシアは達したまま頂点を極めつづけているらしい。次々に呑まされる快楽は果てがなく圧倒的で、とうとう苦しくなった彼女がこちらに向けて手を伸ばす。首の後ろに細腕が回り、柔らかな身体がすがりついた。オーランドが優しく抱きとめると、耳元で吐息交じりの愛らしい声が上がる。

「ふあっ……オーランドさま、好きですっ……好き……！」

「……っ!!」

不意打ちで告げられたその言葉に、オーランドの中でどくんっとなにかが弾けた。同時に、とてつもない快感が鋭く脳天にまで突き抜ける。

体内にうずめた先端から、おびただしい量の精液がほとばしった。

「くっ……！」

「んやぁ……っ、あつい……っ」

びゅうっびゅうっと射精する感覚が心地よすぎて、頭の中が真っ白になった。

崩れ落ちるようにアナスタシアの隣に身を横たえたオーランドは、愛しい妻の身体をひしと抱きしめ、荒ぶる絶頂の波に恍惚と浸る。ぴったりと重なり合った肌はとても熱く、その表面は行為の激しさを物語るように汗やなにかが混じった体液でべとべとだった。広い寝室を満たすのは、二人の荒い呼吸音だけだ。

しばらくそうして、ようやく昂りが静まってきた頃、オーランドはむくりと上体を起こした。下に横たわるアナスタシアは目を開いてはいるものの、まだ表情はぼんやりとしている。

「オーランド様……？」

汗で湿った柔らかい頬を撫でるように手で包みこんでやると、彼女は幼い仕草で擦りついてくる。その愛らしさに口元を緩めて、オーランドは寝台脇のキャビネットから水差しを取り上げた。

「ん……」

口に含んだ水を、唇を合わせて妻に飲ませてやると、受け止めきれなかったしずくが白い肌の上を滑り落ちていく。それを舐め取ってから、もう一度口移しで飲ませてやる。

今度は口内の水がなくなっても口づけをやめなかった。アナスタシアの上に覆いかぶさり、角度を変えながら深く貪《むさぼ》る。

「シア……シア……」

キスとキスの合間に甘く名前を呼びながらアナスタシアの秘所に雄を押しつけると、さすがに彼女もオーランドがなにを求めているのか分かったらしい。赤い瞳がぱっと開いて、驚きに丸くなった。

「もういっかい、するのですか……？」

「シア……今夜は初夜なんだよ？　全然足りない……」

再び大きくなりはじめた情欲の炎を隠しもせずに、オーランドは小さな耳に顔を近づけ、熱くなった吐息を聞かせる。彼女が腕の中でぴくんと震えた。

「お願い、シア……もっと君を感じさせて。次はもっとゆっくり、優しくするから……」

「…………」

誘惑するような声音《こわね》で囁き、切実に請うと、アナスタシアはくるりと身体の向きを変えて枕に顔を押しつけてしまう。

やはりさっきのはやりすぎたか……とオーランドが反省しはじめたところで、くぐもった声が耳に届いた。

「ほんとう、ですか……？」

「え？」

「ほんとうに、優しくしてくれますか……？」

背中を向けられたこの体勢では、妻がどんな表情でそう言っているのか窺《うかが》い知ることはできない。

けれど、銀の髪からのぞく耳はひどく赤く染まって見えるし、硬い声は緊張をはらみながらもいやがっているという感じではない。

　オーランドが即座に反応できずにいると、おずおずといった様子で彼女がこちらを向いて、少し困ったように眉を下げる。そこにあるのはただただ恥じらいの色だけだ。

「もちろんだよ、シア……」

　溢れ出る喜びのままに華奢《きゃしゃ》な身体を熱く抱擁する。

　そうしてオーランドは、可愛い妻をすみずみまで堪能すべく、その美しい肌に再び唇を這わせていった。

・……──＊──……・

　そして朝。

　目蓋《まぶた》の外に光を感じ、アナスタシアはふっと意識を浮上させた。真っ先に視界に映るのは、まだ慣れない寝室の天井だ。腰のあたりに絡みつく人の腕に一瞬ぎょっとしたものの、それが昨日結婚した夫のものだと分かると、すぐに脱力する。

　隣に顔を向けると、まだ眠りの中にいるオーランドの寝顔が間近にあった。金のまつげが頬に繊細な影を落としている。その様は静謐《せいひつ》な空気すらあって、本当におとぎ話に出てくる王子様のようだ。

憧れつづけた彼と自分が結婚しただなんて、いまだに信じられない。

けれど、盛大すぎる式を挙げて、たくさんの祝福の言葉を受け取ったのはまぎれもない事実だった。夢のような現実にふわふわと不思議な心地になる。

これからは、目が覚めたら毎日隣に彼がいるのだ。

それはこの上なく贅沢《ぜいたく》なことのように思えた。

しかし、シーツの中で軽く身動きしたところで、アナスタシアの顔は強ばる。

私、なにも着ていない。

それもそのはず。昨夜――というより今朝は、明け方まで交わっていて、力尽きるように眠りに落ちたのだ。オーランドが自分にしたあれやこれやを思うと、火が出そうなほど顔が熱くなってしまう。

確かに優しかった。無理を強いられることはなかった。でも、それを優しかったと表現するのはなんだかちょっと納得がいかない。

よほどのことがない限り、アナスタシアは彼に対していやだとか無理だとか言うことはない。それをオーランドは分かっていたのではないかと思う。あれよあれよという間に流されて、丹念《たんねん》に身体のすみずみまで貪《むさぼ》られてしまった。本当に、この身の内で彼の唇が触れなかった場所はないのではというくらい。

詳細を思い出すとまた身悶えしてしまいそうなので、そっと記憶に蓋《ふた》をする。代わりに身を起こし、脱いだままになっているはずの夜着と下着を捜す。裸のままでシーツを出るのは心もとない。

しかし、アナスタシアが少し動いたところで、お腹に回った腕に力が入った。

「ひゃっ」

「おはよう、シア。もう起きるの？」

そのままぐいと引き寄せられて、背中が裸の彼の胸に当たる。振り仰ぐと、とろけるような眼差しのオーランドがいた。肌と肌が直接触れ合う感触にアナスタシアは顔を赤らめる。

「も、もうって……むしろ、遅いくらいだと、思います……」

「結婚した翌日くらい少し寝坊しても大目に見てもらえるよ」

「そんな、だらしないのは、だめです……っ」

二人そろって寝坊したら、周囲からどんな目で見られることやら。想像するだけで恥ずかしい。

昨夜のようには流されまいと抵抗すると、意外にあっさりと腕はほどかれた。

「シアが言うなら、仕方ないね」

そう言って起き上がり、寝台から降りた彼は、しかしすぐに不思議そうな顔をして振り返る。

「シアは？　起きないの？」

「や……その……」

アナスタシアはシーツを引き寄せたまま固まっていた。対するオーランドは、寝台の横に直立して、その引き締まった裸体を惜しげもなくさらしている。

恥ずかしくないのだろうか。涙目で座りこんでいるアナスタシアを見てオーランドはゆるりと口角を上げた。

「もしかして、照れているの？　僕はもう君の身体の全部を見たし、触ったと思うんだけど」

「今は朝です。明るすぎます」

「でも、慣れないと困ると思うよ？」

「？」

どういう意味かと瞳を瞬かせるアナスタシアの前でオーランドは衣服を身につけはじめる。二人の衣装部屋はそれぞれ寝室とは別にあるのだが、どうやら昨夜のうちに着替えが室内の棚に用意されていたらしい。

手早く自分の身支度を終えたオーランドは、同じ棚から、白いひらひらとした布地を取り出した。アナスタシアが普段着用している下着だ。

羞恥にぷるぷると震え出しそうな妻を面白そうに眺めて、オーランドは首を傾げる。

「自分で着る？」

「も……もちろんです……っ」

差し出された彼の手からさっと下着を奪い取り、寝台の陰《かげ》に隠れて身につける。けれど、渡されたのはシュミーズとドロワーズだけだった。

おそるおそる寝台の陰《かげ》から顔を出すと、オーランドが、キラキラした笑顔でこちらを見ていた。

「もしかして、これを捜してる？」

言いつつ彼が掲げたのは、複数の細長い布地と丈夫なボーンが縫い合わされた砂時計型の補正下着だ。コルセットである。

「それ……！　あの……あの……っ」

「これは君一人じゃ着けられないんじゃないかなあ」

アナスタシアはぐっと言葉を詰まらせた。

コルセットは、胴回りに巻き付けて前面のホックをかけたら、背面の編み上げを締めなければならない。美しい腰のくびれを作るためには他人の手が必須だ。

「侍女を、呼びます……っ」

「必要ないよ」

使用人を呼び出すベルに伸ばそうとした手はすかさず止められ、アナスタシアは戸惑いの視線を夫に向ける。

オーランドは、それはまばゆく笑顔を輝かせていた。

「シアは知らないかもしれないけれど、王家では、妻のコルセットを夫がつけてあげるのが慣習なんだよ」

「う、嘘ですよね……？」

「少なくとも僕の代ではそうなるから、あながち嘘でもない」

そう言って彼はにこり、とさらに笑みを深めた。

うまく断る方法が思いつかなかったアナスタシアは結局、夫に手ずからコルセットをつけてもらう羽目になった。羞恥と恐縮とで朝から気疲れした夫婦生活の始まりである。

妻のコルセットを締める間中、オーランドは大変ご機嫌だった。なにが楽しいのかアナスタシアにはさっぱり分からない。

しかも、彼のコルセットの締め方はまったくもって緩かった。

「もっと、きつくして大丈夫ですから……！」

「そう？　でも、これくらいがシアにはちょうどいいと思うよ」

「全然足りないです……！　これじゃ、くびれがないじゃないですか」

「いや、あるよ。柔らかい曲線のほうがシアらしくて僕は好きだな」

そんなやりとりを経て、最終的にオーランドの好みが押し通された。もはや、コルセットをつけている意味はないかもしれない。それくらい締めつけ感がなかった。同じく夫の手によって着せられたドレスも、腰回りの細さより胸から尻にかけての優しい曲線美を引き立てるようなデザインで、その徹底ぶりには若干呆れてしまう。

そんな彼は今アナスタシアの背後で愛妻の髪にうきうきとブラシをかけている。絶対に王太子の仕事ではないと断言できるが、どうやらオーランドは朝の身支度の世話は不要だと事前に使用人たちに伝えていたようだ。時間はすでに寝坊もいいところなのに、部屋を訪れる者は誰一人としていない。

「終わったよ、シア」

「ありがとうございます……」

ブラシを鏡台に戻したオーランドは、流れ落ちる銀髪の一筋をすくい上げ、唇を寄せる。愛しげな瞳と鏡越しに目が合ってしまい、アナスタシアの胸はどきりと跳ねた。

本当に早く慣れないと、だめかも……

夫が素敵すぎて心臓がもたない、なんて贅沢《ぜいたく》な悩みかもしれないけれど。

鼓動を静めようと深呼吸を繰り返していたところで、再び棚を探っていたオーランドから「おかしいな」という低い呟きが漏れ聞こえた。

「どうかなさったのですか？」

「宝石がないみたいなんだ。着替えと一緒に用意しておくように指示してあったんだけど、忘れたかな」

「宝石？」

なんのことか分かっていない様子の妻を見て、オーランドは苦笑した。

「シア、僕たちは夫婦になったんだよ？」

「あっ……」

この国では、伴侶の瞳と同じ色の宝石を着けるのがならわしだ。

オーランドと結ばれることを祈ってサファイアのアクセサリーばかり集めていた頃を思い返す。今なら彼の隣で堂々と身につけられるのだ。本当に夢みたいだ。

何度目か分からぬ感慨に浸りかけたアナスタシアだったが、視界の中に気になるものを見つけ、意識を現実に引き戻す。

「これはなんでしょう?」

机の上に置いてあったのは、綺麗に包装された箱だった。誰かからの贈り物のように見えるが、開封した形跡があるのは、安全のために中身が検分されたからだろう。

「ああ、結婚祝いの品だと思うよ。たぶん国中の貴族から届くから、ほかにもたくさん来ているだろうね。一つだけここにあるってことは意図的に置いたのか」

中を見てみたら?　と促され、アナスタシアは蓋《ふた》を開ける。収められていたものを目にして、はっと息を呑んだ。

中に入っていたのは、なんの変哲《へんてつ》もない髪飾りとカフスボタンだ。だが、アナスタシアはその髪飾りに見覚えがあった。それは、王弟が実母に贈った品にとてもよく似ていたのだ。けれど、宝石の色が少し違うので、デザインを似せて新たに作られたもののようだ。

カードが添えられているのに気づき、急いで目を通す。メッセージそのものは結婚を祝福するだけのありきたりなものだ。しかし、最後の行に行き着いたところで、アナスタシアの目頭は自然と熱をもつ。そこに書かれているのは差出人の名前だ。

「シア？　どうしたの？」

「オーランド様、これ……」

それ以上言葉が出てこず、カードを手渡すと、彼の目は素早く内容を追った。

「マーシャル子爵夫妻から、だね……」

アナスタシアは頷く。

二つの品には、それぞれ輝く宝石があしらわれていた。髪飾りにはサファイア、カフスボタンにはルビー。この国のならわしを踏まえた贈り物なのだろう。深みのあるルビーは、美しく澄んでいた。

血のように穢《けが》れた瞳、なんかじゃない。

実母はもう、アナスタシアの瞳をそんなふうに思ってはいない。

なんの言葉もないのに、驚くほどすんなりと腑《ふ》に落ちた。

むしろ言葉がなくてよかったのかもしれない。

子供の頃に受けた苦痛は、どうしたってなかったことにはならない。謝罪や弁解をされたところで、素直に聞き入れるのは難しい。

けれど実際のところ、アナスタシアはただ実母に受け入れられたかっただけなのだと思う。

実母に否定されたこと。幼いアナスタシアにとってそれが一番つらかった。また鋭い言葉を浴びせられたらと恐れて、踏み出す勇気をなかなかもてなかった。

王弟から手渡された手紙の存在を思い出す。まだ中身は見られていない。でも今なら読める気がした。母の言葉を受け止められる気がした。いつになく晴れやかな気持ちだった。

アナスタシアは顔を綻《ほころ》ばせ、箱の中に収められた贈り物をもう一度見た。

光り輝くサファイアとルビーは、二人が夫婦になった証だ。これからはオーランドもアナスタシアの色を身につけるのだ。愛する人が自分に関わるものを肌身離さずもっていてくれるというのは、なんと素敵なことだろう。

「このカフスボタン、私がオーランド様につけてさしあげてもいいですか？」

アナスタシアがおずおずと申し出ると、オーランドはとても嬉しそうに頬を緩ませた。

「もちろんだよ。……つけて」

彼がもち上げた手首の袖に、アナスタシアは慎重な手つきでカフスをとめる。窓から入る日を反射して、ルビーの複雑なカットが繊細な光を放った。

きらめくその輝きにアナスタシアが目を奪われていると、ふと彼の手が背中に回り、妻の身体を胸元に引き寄せた。耳のそばに囁きが降りてくる。

「幸せすぎるよ、シア」

少し上擦った声に、思わず笑顔がこぼれ出た。朝から何度も幸せを噛み締めていたのは、自分だけではなかったのだ。

「私もです、オーランド様……」

同じように囁きを返し、アナスタシアはつま先立ちで伸び上がる。互いの顔が近づき、彼が虚をつかれたように瞳を丸くする。その表情を愛しく思いながら、アナスタシアはそっと彼の頬に唇を寄せた。

番外編　～世の中の夫婦には、それぞれ適切な頻度と回数があるのです～

夜のとばりが下りた薄暗い室内に、男と女の熱く湿った吐息が断続的にこぼれ落ちる。男が腰を揺するたび、清らかな乙女は淫らに表情を歪め、銀の髪をシーツの上に舞い散らせた。

何度も滾《たぎ》る精を受け入れた身体はくったりと力を失い、もはや男のなすがままに快楽を享受《きょうじゅ》することしかできない。

「シア……っ」

温かい肉襞に自身を締めつけられ、思わず声を上げれば、応えるように赤い瞳が上向く。彼女はゆるりと微笑み、緩慢な動作で白い手をこちらに差し伸べた。

しかし、その手は相手のもとへたどりつくことなく、ぱたりとシーツに上に落ちる。同時に閉ざされた目蓋《まぶた》の縁《ふち》から、つと一筋の涙が伝う。

突然反応がなくなったことにオーランドは目を見開いた。だが、ふっくらとした頬はなんら苦痛を訴えることもなく緩んでいて、小さな唇の隙間からは穏やかな呼吸が漏れ出していた。

「ね、寝落ち……」

安堵《あんど》のあまり大きなため息がついて出る。それでもオーランドの表情は浮かなかった。

胸を占めるのは、またやってしまった、という情けなさだ。彼女が行為の最中に寝落ちるのはこれで二度目である。

最愛の女性と交わる悦《よろこ》びに溺れるあまり、オーランドの愛し方はしばしば度を越してしまう。結婚してからおよそ一ヶ月。その間、体調的に無理だった期間を除けば、オーランドが妻を抱かなかった日はない。加えて、一晩の性交が一度で終わった試しもない。

毎晩遅くまで夫の相手をして、昼間は妃と聖女という二役の慣れない仕事に励んでいるとなれば、素直で真面目な王太子妃がそろそろ疲労を溜めこんでいてもおかしくはない。

いかに新妻が愛しくてたまらないからとはいえ、このままではちょっとよろしくないのではないか。

「頻度を減らすか……？」

清めた互いの身体をシーツでくるみ、愛しいぬくもりを腕の中に引き寄せつつそんなことを呟く。だが、その案はここ数日ずっと頭の中にあるだけで実行に移せなかったものだ。

今夜は控えようと決意を秘めて寝室に入っても、寝巻き姿の妻を目にすれば、そんな思考はあっさりと彼方へ飛び去ってしまう。結婚して以降、アナスタシアに関するオーランドの理性は紙だ。

弱ったな、とは思いつつも、隣の安らかな寝顔を見ていると、まあいいか……みたいな気がしてくるから幸せぼけもここに極まれり。

アナスタシアだって、かすかに照れを含んだ笑みを浮かべつつ、いつも受け入れてくれるのだから、いやがっていることはないと思う。……たぶん。

黙って不満を我慢しがちな彼女ではあるけれど、家族になったわけだし、いよいよ限界となったらきちんと言ってくれるだろう。

そんなぬるい考えで己を納得させていたオーランドは、しかし、翌日思いもよらない人物から苦言を呈《てい》されることになる。


「夫婦の営みを少し控えていただきたいのですが」

二人きりの執務室でそんな要望をオーランドに突きつけたのは、侍女長のマリアだった。ほっそりとした身体にしわ一つないお仕着せをまとった彼女は、物静かな眼差しを真っ直ぐ王太子へ向けた。

「アナスタシア様は貴族の家で育った普通の女性なのですよ。オーランド様の体力に合わせていては身がもちません」

自分でも気にかかっていた部分を指摘され、オーランドはわずかにうめいた。

本来なら、王位継承者たる王太子が子作りに積極的なのは歓迎されることである。それをまさか、使用人からこんな忠言をもらうとは誰が想像しただろうか。

しかし、マリアに限って言えば、こういう発言が出てくるのも妙に納得がいってしまうのだった。

ひっつめた髪に若干の白髪が交じるこの侍女長は、幼少期のオーランドの乳母を務めた人でもあった。その時分に築かれた関係性は、公には王太子と使用人としてそれぞれの立場に収まった今でも決して失われてはいない。

オーランドにとってマリアは私的な相談ができる数少ない相手であると同時に、成人してもなおしばしば小言をくれる実の母以上に母のような存在なのだ。

そんな彼女から出た言葉に、オーランドはふと不安を覚える。

「もしかして……シアがつらいと言ったのか？」

「まさか、アナスタシア様はそんなことをおっしゃったりはしません。ただ、侍女たちが心配しているのです。ドレスのお召しかえをするたびに、肌に残る痕の数が尋常ではないと。人目に触れそうなところにまであるので、ドレスを選ぶのが大変だと申しておりました」

「そ、それは……すまなかった……」

証言の内容が身も蓋《ふた》もなくて、いたたまれなさに額を押さえる。

一応場所を考えてつけているつもりだったのだが、夢中になるとどうにも歯止めがきかなくなるようだ。

情けない王子の謝罪にマリアは語調を厳しくした。

「すまなかった、ではありませんよ。お妃様のドレスは対外的な威厳を保つのに大変重要なものですのに。それに、女性は繊細ですからくれぐれも丁寧に扱うようにと、以前にも申し上げたはずですが？」

「手荒にはしていないよ。優しくしている」

反論しつつも強く言えないのは、オーランドに女体のあれこれを教えたのがマリアだからにほかならない。

もともと王族教育の一環として王宮が用意した閨事《ねやごと》の教師は別にいた。だが、そちらは男性で、通りいっぺんの手順しか教えてくれなかった。だから、オーランドは女性側の意見を知るために、恥を忍んで乳母であったマリアに相談したのだ。それもこれも、閨《ねや》においてアナスタシアに不快な思いなど一片たりともさせたくはなかったからである。

年頃の王子の相談に親身に乗ってくれた彼女のアドバイスは想像以上に細やかで——はっきり言うとあけすけで、大変参考になるものだった。

おかげでアナスタシアとの初夜は万事うまくいったわけだが、この経緯ゆえに閨事《ねやごと》に関するマリアの発言はオーランドにとって無視できないものになっていた。

「そうはおっしゃいましても、現に痕のつけ方すら配慮できないほどのめりこんでいらっしゃるではないですか。きちんと手加減できているようにはとても思えませんけれど」

「う……た、確かに、回数はちょっと多いかな、とは思っているよ」

ひくっと動いたマリアの細い眉が、ちょっとじゃないでしょう、という内心のツッコミを雄弁に語っている。

「なら今後は、アナスタシア様や侍女たちのことも慮《おもんぱか》って回数を減らしてくださるのでしょうね？」

「……」

「減らしてくださるのでしょうね？」

「ぜ、善処する……」

「期待しておりますよ」

にーっこりと微笑んだ侍女長の声には、表情とは裏腹に逆らうことを許さぬ圧力がこもっていた。

できるだけアナスタシアの姿を視界に映さないようにしてさっさと寝てしまおう。夜の営みを避けるにはそれしかない。

自分の理性が信用ならないことをすでに十分実感していたオーランドはその夜、自室で時間を潰してから夫婦の寝室に向かった。

扉を開くと、すでに寝台に入っていたアナスタシアが待ちかねていたように振り向いた。

「今夜はずいぶん遅かったのですね」

「仕事がちょっと立てこんでいたんだよ」

もっともらしい理由をつけつつ、オーランドはシーツをめくる。

もしこのとき、注意深く妻の様子に気を払っていれば、彼女の声がかすかな熱をはらんでいることに気づいたかもしれない。

だが、オーランドは己の情欲を刺激しないためにその愛らしい姿や声をなるべく意識しないようにしていたので、妻のささやかな変化を見落とした。

シーツの間に身を滑りこませる際、肌が透けそうなほど薄い扇情的な夜着が目に入る。すべらかな布地がかたどる優美な曲線は、今のオーランドにとって目の毒でしかなかった。

その頼りない裾をめくり上げ、細くしなやかな腰に手を這わせたい――そんな欲求が込み上げそうになり、オーランドは慌てて視線を逸らす。

最近はオーランドを煽《あお》らないようにと侍女たちが手を回していたのか、ずっと実用性重視の綿の寝巻きだったのに、なぜ今夜に限って彼女はそんなものを着ているのか――そんな思考すら危うくて、即座に脳内から締め出した。

そんなオーランドの背中に、アナスタシアのおずおずとした声がかかる。

「もう寝るのですか……？」

少し戸惑いのにじんだ声音《こわね》は、なにもせず眠ろうとするオーランドを明らかに訝《いぶか》しんでいる。

「ああ、もう夜も遅いし、シアだって眠いだろう？」

オーランドは振り返ることなく答えた。

確かに遅いけれど、普段ならまだまだ行為に耽《ふけ》っている時間帯である。説得力など皆無だけれど、彼女を抱かないまっとうな言い訳がオーランドにあるはずもないので、今夜はこれで押し通すしかない。

背中を向けたままシーツを肩までかぶり、アナスタシアがそのまますんなり寝入ってくれることを祈った。が、当然のごとく、いつまで経っても寝息のようなものは聞こえてこない。

代わりに届くのはかすかに緊張した吐息だ。少し荒い？

いや、呼吸が荒くなっているのは自分のほうかもしれない。

ときおりもぞもぞと背後で身動きする気配を感じるたびに、彼女の柔らかな肢体のイメージが脳裏をよぎって、否応なく鼓動が速まってしまうのだ。

目を閉じればその美しい裸体を鮮明に思い浮かべられるくらいには、妻の身体を知り尽くしている。

それにしても、アナスタシアのもぞもぞとした動きは一向に収まる気配を見せない。寝返りを打つといった大きな動作ではなく、身をよじったり脚を擦り合わせたり、なにかをこらえるような、そんな衣擦《きぬず》れの音が続く。

今夜の彼女はずいぶんと落ち着きがないんだな、と苦笑気味に思う。普段と異なる自分の行動のせいなら、余計な不安を与えてしまって申し訳ない。ここはなにか安心させる言葉をかけてやるべきだろうか。

そんなふうに、思案していたときだった。

ぴたり、と柔らかなぬくもりが背中に押しつけられた。

「っ……シア？」

触れたくてたまらなかった妻の身体を背中全体で感じ取り、思わず喉が鳴る。首の後ろに熱い吐息がかかった。

呼吸が荒いと感じたのはどうやら勘違いではなかったようだ。心なしか、触れ合った体温も高い気がする。

常とはどこか違うその様子に、オーランドははっと思い至るものがあり、素早く背後に向き直った。

「もしかして、熱があるのか？」

「え……？」

アナスタシアはきょとんと声を漏らす。

その顔をよく見ると、瞳は潤み、頬は上気している。明らかに熱の症状だ。互いの額を手で比べてみても、やはり熱い。

医者を呼ばなければ、とオーランドはすぐさま身を起こそうとする。しかし間髪をいれず「待って！」と焦りの交じった口調がそれを押しとどめた。

オーランドが視線を妻に戻すと、アナスタシアは狼狽《うろた》えた様子で途切れ途切れに言葉をつなぐ。

「ちがうんです……その……これは、熱なんかじゃ、ない、です……」

ようやくそれだけを告げ、なにかを訴えるようにじっとこちらを見つめる。

オーランドはうっ、とうめいた。

そんなうるうるの上目遣いで、見つめないでほしい。

同じ寝台にいるだけでとてつもない我慢を強いられているのに、いまや二人は互いの体温を感じられるほどぴたりと寄り添って、魅惑的な妻の身体は目の前だ。

反射的に抱き寄せたくなる腕をオーランドは必死に意志の力で押さえつけていた。彼女がなにを伝えようとしているのか、推し量ってやれる余裕はない。

「ごめん、ちょっと離れて……」

なけなしの理性をかき集めてアナスタシアの身体を引き離そうとすると、赤い瞳がじわっとにじむ。

だから、その目がだめなんだって……！

文句を言おうとした口は、しかし次の瞬間、ふっくらとしたなにかによって塞がれていた。

なにか、ではない。アナスタシアの唇だ。キスされているのだ。

その事実にオーランドが思い至るまで、しばらくの時を要した。慎ましやかな彼女が自ら口づけてくれるなどめったにないことだったので。

「んっ……んん？」

呆然としているうちにも、薄い舌はオーランドの唇を割って内部へと侵入してくる。

日常的に交わす軽いキスとは違う。互いの内側を確かめ合うような深い口づけは、おのずとその先に続く行為を連想させるものだ。

アナスタシアからそれを求めてくれるなんて初めてではないか。

驚きと歓喜、そして少しの戸惑いが渾然《こんぜん》一体となってオーランドの胸に込み上げた。それらは固くもっていたはずの決意をあっさりと押し流し、愛らしい妻の求めるままに親密な行為に応じることを許してしまう。

アナスタシアの腕がオーランドの首から後頭部へと絡みついた。顔を傾けた彼女は、より深く交わろうと唇同士を密着させる。

だが、積極的に口内を探り回るわりに、その性技はつたなく、与えられる感触はひどく焦れったいものだった。

あまりにもどかしくて、オーランドはついすくい取るように舌を絡めて、こうするんだよと誘うように動いてしまう。彼女は素直すぎるほど従順にオーランドの意図を汲み取った。

それでもその動きがぎこちないのは、舌が短いせいらしい。そんな小さな発見をまた微笑ましく思ってしまう。

じゅ、と舌を吸うと同時にアナスタシアの肩がぴくんと跳ねた。

「んぅっ……ん、んっ……」

鼻にかかった甘い声が切れ切れにこぼれ落ちる。上唇と下唇で挟んで何度も吸い立ててやると、彼女はぴくぴくと身体を震わせた。そして、あろうことかオーランドの腿《もも》を脚で挟んで腰を擦りつけてくるではないか。

あまりにも直接的すぎるアピール。

瞬く間に性欲が昂り、下半身に血液が集中するのが分かった。男のソレが硬く張り詰めようとする。

だがその寸前、オーランドの脳裏に思い出されるものがあった。マリアの言葉である。

このまま成り行きに身を任せたら、またアナスタシアに無理を強いてしまう――

「ちょっ……と待って……」

唇を離し、一度大きく息を吐き出したオーランドは、今にも箍《たが》が外れそうになっていた男の欲を涙ぐましい努力で押さえつけた。そして、そっとアナスタシアの身体を引き剥がす。

赤い瞳に怪訝《けげん》な色が浮かぶが、それには気づかない振りをして、冷静な思考を懸命に取り戻そうとする。

一体どうしてこんな展開になっている？

「オーランド様……」

すがりつくような声に視線を上げれば、もどかしそうな顔をした妻の一途な瞳と出会う。

愛しい。可愛い。抱きしめたい。

またしても手を伸ばしてしまいそうになるが、ぐっとこらえる。

今日だけは、だめだ。

昨夜はアナスタシアが寝落ちするまで求めてしまって、今日はマリアに夫婦の営みを控えるように言われたばかりである。今夜我慢できなかったら、またなあなあにして毎晩励んでしまうのは目に見えている。それはアナスタシアにとって、きっとよくない。

なのに、こちらの葛藤など知る由もない彼女は、扇情的な夜着に身を包んでやたらとオーランドに触れたがる。

どうして今夜に限って、こんな試練が。

・・・・・――＊――・・・・・

ここで少し時間を遡《さかのぼ》ること、その日の昼間。

アナスタシアは聖女の仕事のため、王宮内の礼拝堂にいた。修道女見習いをしていた頃から馴染みのある応接室で、向かいに座っているのは司祭のレナードだ。

銀の聖女の役割を賜《たまわ》ったとはいえ、アナスタシアは王太子妃である。日頃は王宮で過ごしているため、教会からの連絡事項は基本的にレナードを介して伝えられることになっていた。教会の様子をじかに目にする機会が少ないアナスタシアにとって、ここでの情報共有はとても大切なものだった。

とはいえ、確認を要する重要な事案がいつも必ずあるわけでもない。この日について言えば、渡された書類に目を通し、必要なやりとりを終えると、あっさりと仕事の話は済んでしまった。事前に予定されていた時間はだいぶん余っている。

朝から働きどおしだったアナスタシアはそこで、少し頭を休めようかと気を緩めた。途端に小さなあくびが口からこぼれ出る。

ふ、とかすかに笑う吐息の気配に、アナスタシアは目を上げた。レナードがおかしそうに唇を緩く曲げて、紅茶の注がれたティーカップをテーブルに戻すところだった。

「お疲れですか？」

いいえ、という否定の言葉をアナスタシアは少し考えて呑みこんだ。あくびを見られたあとでは、無理をしているのではとかえって心配させかねないと思ったからだ。代わりに、どうでしょう、と曖昧に首を傾げておく。

しかし実際、疲労はそれほど溜まっていないのだ。ただ少し、新しい生活にまだ慣れない部分があるというだけで。

慣れない部分というのは睡眠のことだった。

といっても量そのものは足りている。もともと長い睡眠を必要とする体質ではないのだ。

ただ、オーランドに嫁ぐまでは早寝早起きの健康優良児だったので、だいぶ……いやかなり夜ふかししがちな結婚後の生活にはいまだ馴染めていない。

だから時々、意に反して眠りに落ちてしまうことがある。

昨夜だって――と思い返したところで、アナスタシアの表情は曇る。

夫婦の営みの最中に、寝落ちてしまうなんて。しかも二回目。

オーランドは毎夜溢れんばかりに愛情を注いでくれるというのに、眠気も我慢できないなんて子供みたいで申し訳ない。彼と過ごす夜については、内心で思い悩んでいることもあって、余計に心苦しさが募る。

だから、この空き時間はいい機会なのかもしれない。

アナスタシアは思い立つと、相手の顔色を窺《うかが》いつつ、おずおずと切り出した。

「あの、レナード様。少しご相談したいことがあるのですが……私的なことなのですけど」

レナードはわずかな苦笑を漏らした。おそらく、立場の変わった今でも癖になって抜けない敬語を笑ったのだろう。だが、さすがは日々人を教え導く司祭の座に就いているだけあって、それをわざわざ指摘するような野暮はしなかった。

「いいですよ。なんでしょう？　オーランド様との新婚生活になにか悩みでも？」

にこやかに告げられた言葉はおそらく冗談だったのだろうが、まさしく正解を言い当てていた。

「そ、そうなんです。実は……」

誰も聞き耳を立てる者などいないというのに、アナスタシアはそこで無意味に声をひそめる。

「ふ……夫婦の、営みについて、男性のご意見をお伺いしたく……」

口にするなり頬がかあっと熱くなって、恥じ入るように両手で顔を覆った。指の間からレナードの反応をのぞき見ると、彼はあっけにとられたように口を開いたあと、すぐに平素の優雅な微笑を取り戻した。

「かまいませんよ。具体的にはどういったことでお悩みなのです？」

普段どおりの落ち着いた口調に、アナスタシアはほっとする。

この件については誰かに相談したいと前から思っていたのだ。問題はその相手だった。男性で、軽はずみに他者に話したり茶化したりしない信頼できる人物というと、アナスタシアの周りには二人しかいない。エリオットとレナードである。けれど、身内にこういった話をするのはいたたまれなさが先に立つ。

エリオットがこれを耳にすれば、レナード司祭に聞くくらいなら俺に聞いてくれ！　と頭を抱えたに違いないのだが、幸か不幸かアナスタシアは有能な司祭の裏の顔――つまりその放蕩《ほうとう》ぶりを知らなかった。

「あの、わ、私……オーランド様をきちんと満足させてさしあげられているのか心配なのです」

「ほう……？」

レナードは一瞬、砂糖を口に詰めこまれたような渋い表情を浮かべたが、顔を赤らめて下を向いていたアナスタシアの視界に入ることはなかった。

「オーランド様がなにか不満げな素振りでも見せましたか？」

「いえっ、そんなことは。オーランド様はいつもとても優しいですし、その……とても情熱的に求めてくださいます」

頬がさらにかあっと熱を上げ、俯きたくなるが、アナスタシアはぐっと我慢して前を向いた。

「でも、私はいつまでも受け身なままで……このままではいけないと思うのです。もっと積極的になるべきだと！」

告げたアナスタシアは決死の思いだったが、なぜだかレナードは微妙に眉を寄せて悩ましげな顔をする。

「レナード様？」

「ええと、それは……どういった理由からそう思うのでしょう？」

「理由？」

「はい。もし、申し訳なさや義務感からそう思うなら、オーランド様は喜ばれないと思いますよ」

それは確かにそうだろう。でも自分は違うとアナスタシアはきっぱり首を横に振る。

「私は、オーランド様にも気持ちよくなってほしいのです……いえ、私が気持ちよくしてさしあげたいのです。女性の側からいろいろするやり方があるのは先日習ったのですが、いざ自分が、と思うとなかなか身体が動かなくて」

「ああ、そういえば神学修習の合間にそんな講義もあったのでしたね……」

レナードは遠い目をした。

そう、アナスタシアがこうも煩悶《はんもん》する羽目に陥《おちい》っているのも、原因の一端はその講義にある。

女神の色を受け継いだ聖女が王太子に嫁ぐという歴史的な出来事は、国全体がお祭り騒ぎとなり、王家の婚姻ということを差し引いても異例の盛り上がりを見せた。ゆえに、その聖女が王の跡継ぎを残せないなどという事態になっては教会の沽券《こけん》に関わる。よってアナスタシアは、神学修習のあった期間に、閨事《ねやごと》についての指南もひっそりと受けていた。

教会は聖職者に独身であることを求めてはいるが、異性との肉体関係は禁じていない。独身であることはあくまでも神に身を捧げるという意思表示のためであり、性欲は人の自然な欲求として受け入れられている。加えて、若くして夫を亡くした未亡人が修道女となる例も少なくはないため、講師には事欠かない。

そういった経験豊富な修道女たちの指南によって、アナスタシアは少々耳年増に——もとい、偏った知識を植え付けられていた。

女性が受け身すぎると、男性に飽きられる場合もあるのですよ。

そんなふうに言われてアナスタシアが気にせずにいられるわけがない。

逆の立場で考えてみれば分かる。オーランドに触れられているときアナスタシアはいつも天にも昇る幸せな心地になるのだ。それを自分も彼に与えてあげられるなら、そうしない選択肢などあろうはずもない。

「もっと積極的になりたい、と思うのですが、タイミングが分からなくて……オーランド様に変に思われたりしないでしょうか」

結局のところ、アナスタシアの不安はそこにある。結婚初夜でこそ頑張って「私もなにかしたい」と口にしたものの、努力できたのはそこまでだ。タイミングさえ掴めれば、オーランドに尽くしたい気持ちは多分にあるのに、人よりも強い羞恥心が一歩踏み出すのを躊躇《ためら》わせる。

意見を聞かせてほしいと藁《わら》にもすがる思いでアナスタシアが真剣に訴えると、レナードはやれやれとため息をついた。

「事情は分かりました。実際のところ、女性に積極的に来られていやがる男はいないと思いますが……アナスタシア様の場合は思い切って踏みこむための後押しが必要なようですね」

ふむ、としばし思案したレナードは、「なら、ちょうどいいものがあります。少し待っていてください」と言い置いて部屋を出ていく。

すぐに戻ってきた彼の手には、薬品かなにかの小瓶があった。桃色の液体が中でとぷりと揺れる。

「媚薬です」

こともなげに言われて、アナスタシアは瞳を瞬かせた。

「そ、それは……惚れ薬ということですか？」

しかし、レナードは微笑みながら、いえいえと手を振る。

「相手に恋愛感情を起こさせるといった高度なものではありません。ただちょっと性的な興奮を高めるだけのものです。けれど、アナスタシア様が積極的な行動をする後押しにはなるのではありませんか？」

身体に作用を及ぼす薬を突然差し出され、抵抗を感じないわけではなかったが、その意見には納得できるものがあった。要は、羞恥心を忘れるくらいにオーランドを求める気持ちが高まればいいのである。

「副作用などは、ありませんよね？　後遺症とか……」

「もちろん。実際に使ったこともありますが、使用後は特に異常はなさそうでしたよ」

心惹かれつつも用心深く尋ねるアナスタシアにレナードは笑顔で答えた。

恥じらうご婦人にはときにこういうものも必要なんですよね、などと小声で続いた部分はなんとなく聞かなかったことにする。なぜ司祭が都合よくこんな薬をもっているのかというのも、深く踏みこまないほうがよさそうだ。

用法や用量など注意事項だけを確認し、アナスタシアはありがたくその小瓶を頂戴《ちょうだい》する。

これがあれば、今夜こそ。

昨夜の寝落ちでかなり落ちこんでいたアナスタシアは、失敗を挽回すべく意気込んだ。


夜になって身体を清めたアナスタシアは、妙に気が進まない様子の侍女に頼みこんで男性を誘惑するような夜着を出してもらい、レナードの指示どおり媚薬を三滴白湯に落として飲んだ。そして、いつもどおりに夫婦の寝室に入る。

寝台でオーランドを待っているうちに、身体は内側からじりじりと熱を生じさせ、胸の先や脚の間がむずむずしはじめる。

聞いていたとおりの効能。

……そこまでは順調だった。

なにかがおかしい、とアナスタシアが気づいたのは、予定よりかなり遅い時間にやってきたオーランドがそのまま寝入ろうとしたときだった。

普段ならこのあと、なんとなく身体を引き寄せられて、口づけとともに全身を愛撫され、いつの間にか行為が始まっているというのに、今夜の彼はあっさりと寝台に身を横たえ、こちらに手を伸ばしてくる様子がない。

この時点で、徐々に高まる熱に相当焦れていたアナスタシアは、想定外の成り行きにしばし呆然とした。

『仕事がちょっと立てこんでいたんだよ。シアだって眠いだろう？』

そんなふうに言われれば、身体が熱くて眠れそうもないのです、などとはとても口にできない。

原因が自ら飲んだ媚薬なこともあって、仕事で疲れたオーランドに行為をねだるのは躊躇《ためら》われた。

こんな日に媚薬を飲んでしまった自分を呪うしかない。

仕方なく自分も身を丸めて、無理やり眠ろうとした。だが体内を焦がす炎は微塵も衰える様子を見せず、むしろ少しずつ着実にアナスタシアの精神と身体をあぶっていった。

お腹の奥がうずうずして、秘所がもの足りなさにひくひくしているのが分かる。淫らな己の反応から意識を逸らそうとしても、結婚してから毎夜与えられた甘美な快楽が否応なく思い出されて渇望が募っていく。

たまらずに身をよじると、肌にシーツがこすれて、熱い吐息がこぼれた。ひとりでに腰が揺れ、膝と膝が擦り合う。しんと静かな寝室では、シーツの立てる衣擦《きぬず》れの音がやけに大きく響いた。

こんなに落ち着きなく動いていては隣のオーランドに気づかれてしまうかもしれない。なのに、唇から漏れ出す熱い呼吸は抑えられず、触れられてもいないのに脚の付け根に濡れた感触があって泣きたくなった。

――ほしい。オーランド様に触れたい。触れられたい。

今すぐにオーランドの逞《たくま》しいもので空虚な内側を埋めてもらいたかった。

――だめなのに。今夜は疲れていらっしゃるのに。こんな身勝手なわがままを押しつけては迷惑をかけてしまう。

しかし、喉の渇きのような情欲は鎮まるどころかいよいよ昂り、いかな辛抱強いアナスタシアでも身一つで抑えこんでいることは不可能になってきた。

あまりにも耐えかねて、とうとう自ら目の前の大きな背中に疼く身体を押しつけてしまう。

やってしまったという罪悪感と、これで拷問のような責め苦から解放されるという安堵《あんど》とが、同時に胸に湧いた。

けれどそれはほんの束《つか》の間《ま》。

なんとオーランドは、アナスタシアが体調不良で熱を出しているなどと勘違いしたのである。

こんなくだらないことで心配をかけてしまった申し訳なさよりも、焦れて追い詰められた身体が限界だった。なりふりかまわず口づければ、オーランドは一時的に応じてくれたものの、すぐにアナスタシアを引き離してしまう。

「オーランド様……」

どうして？

すでにアナスタシアは半泣きである。

じりっと近づこうとすれば、オーランドはうっと困惑した様子でそのぶん引き下がる。

「待ってって、シア！　急にどうしたんだ？」

落ち着けとばかりに手のひらを向けられるが、そんなことでアナスタシアの熱が収まるはずもない。

「どうもしません。ただ……」

したいんです。

羞恥心が邪魔をして、その一言がどうしても言えなかった。若干引いているようにもとれるオーランドの表情にアナスタシアの胸はつきんと痛んだ。

それくらい今夜は気が乗らないということだろうか。疲労している彼にはしたなく迫る自分が悲しくなる。

けれど、アナスタシアだってもう引くに引けない。全身がこの上なく敏感になっていて、いてもたってもいられないのだ。このままの状態で放置なんてされたら、苦しくて死んでしまう。

性欲が高ぶるという経験をあまりしたことのないアナスタシアにとって媚薬の与える高揚は強すぎたのだ。オーランドに慰《なぐさ》めてもらうほかに、この苦痛から逃れるすべはない。

一刻も早く、この身を苛《さいな》む熱から解放してほしい。

哀願の眼差しでオーランドに訴える。

そのとき、アナスタシアの頭にふと思い出されるものがあった。

消極的な男性を、その気にさせるには。閨事《ねやごと》の講義で習ったその内容。

十分すぎるほどに愛してくれる夫には不要と思っていたそれを、今こそ活用すべきなのかもしれない。

・……──＊──……・

なにかを決意した様子で唇を引き結んだアナスタシアが突然シーツの中に潜りこんできて、怪訝《けげん》に眉を上げたオーランドは、まもなくびくりと肩を揺らした。

「シア、ちょ……なにして……っ」

あらぬところをまさぐられて慌ててシーツをめくり上げると、アナスタシアがオーランドの下衣を引き下げたところだった。ほっそりとした白い手が男性器にかかっている。とんでもない光景にオーランドは目眩《めまい》を覚えた。

だが、すぐに驚いてばかりもいられなくなる。

感触を確かめるように触れていた手が、やんわりとそれを握りこみ、明確な意図をもって扱《しご》きはじめたのだ。

「うぁ、は……っ」

思わず声を漏らせば、遠慮がちだった手つきから迷いが消えていく。

柔らかな手のひらがもたらす甘い痺れに、否応なく腰が疼いた。

多大な努力で平常状態を保っていた陰茎は瞬く間に硬度を帯び、あっさりと勃ち上がる。それを間近で見ていたアナスタシアが息を呑み、興味深げに瞳を大きくした。

――めちゃくちゃ恥ずかしい。

「こ、こらっ……どこ触って、ぁ……っ」

やめさせようと手を伸ばすも、きゅうと少し強めに握り直されて腰が跳ねる。

こちらを熱っぽい上目遣いで窺《うかが》うアナスタシアは、どうもオーランドの反応で適切な力加減を探っているようだ。声をこらえようと試みたものの、丹念《たんねん》な愛撫を強く優しく緩急をつけて施されれば、一番ちょうどいい強さを把握されるまでさしたる時間はかからない。

「気持ち、いい……？」

呼吸を乱し、上擦った声で問いかけられる。

答えられるわけがない。

頬を紅潮させたアナスタシアは、いつにない色香をまとっていた。だがその表情は、オーランドと同じかそれ以上に余裕がない。

発情しているのだ。

初めて目にする妻の妖艶な姿にオーランドはごくりと唾を呑みこんだ。

「……よくない、ですか？」

「……っ！」

黙秘しようと口をつぐんだところで、特に感度の高い亀頭の裏側をぐりぐりと親指で擦られる。

オーランドはたまらず奥歯を噛み締めた。

よくないなんてこと、あるわけがない。

それとも――まさか、気持ちいいって僕の口から言わせたいのか？

一瞬だけよぎった考えは、さすがにないと打ち消した。

アナスタシアの手つきは思いのほか的確ではあるけれど、これでいいのかと手探りするような部分も確かに見受けられるし、言葉で羞恥心を煽《あお》ろうなどという意図があるとは到底思えない。

そもそも色事に疎《うと》く経験も少ないアナスタシアが、男性器の詳細な性感帯など知るはずもないのだ。彼女がオーランドのそれに触れたのは結婚初夜の一度きりである。

だが、そんな思考は即座に覆《くつがえ》されることになる。

なかなか返事をしない夫に痺れを切らしたのか、アナスタシアがその桃色の唇から舌を差し出し、硬くそそり立つそれにねっとりと這わせはじめたのだ。

純真無垢な彼女が、こんなことを自発的に思いつくわけがない。

誰か入れ知恵した人物がいる。

そのときオーランドの頭に浮かんだのは、自身の側近であり、アナスタシアの義兄でもある男の存在だった。だが、義妹を目に入れても痛くないほど溺愛している彼が、こんな淫猥な行為を彼女に吹きこむとも思えない。

なら一体誰が……

そんなことを考えているうちにも健気な奉仕はオーランドを追い詰めていく。

「くっ、はぁ……は……っ」

こらえきれなくなった吐息や声が唇の端からこぼれ落ちていった。

唾液に濡れててらてらと光る舌が、血管を浮き立たせた屹立の表面を這い回る。くびれのあたりを少し強めになぞられると強烈な快感が腰から駆け上がるようだった。

彼女にこんなことをさせてはいけない。肩書きだけではなく、その心根までもが眩しいほど清らかな聖女であるのに。

そんな抵抗をかすかに覚えはしたものの、与えられる刺激があまりにも強くて、理性的な思考はもはやほとんど機能していなかった。

「シア……」

名前を呼ぶと、彼女は嬉しそうに目を細めて自身の頭の横にある腿《もも》に頬を擦り寄せる。男に媚《こ》びる女の仕草。かと思えば、猛りきった熱を小さな口の中に迎え入れ、うっとりと頬張りはじめるではないか。

誰だこんなことを教えたのは……！

そんな内心の叫びが相手に届くはずもなく、アナスタシアは「んっんっ……」と声を漏らしながら、喉奥まで咥《くわ》えこんでは引き抜くことを繰り返す。その動作はまるで射精をせがんでいるかのようだった。実際、その表情は恍惚としつつも物欲しげな色を漂わせ、細い腰はなにかを求めるように揺らめく。

狭く熱い口内で唾液をまぶされ、舌や口蓋を擦りつけられると、たまらない快感が全身を駆け巡った。

——こんな快楽に抗《あらが》うすべがあったら、誰か教えてくれ……！

迫り来る射精感に、もうなるようになれ、と投げやりな気持ちで思った。

薔薇色に染まった頬に手を伸ばし、愛らしい顔を上向かせる。ついでに、その表情がよく見えるよう流れ落ちる銀髪を耳にかけた。

清純に整っているはずの妻の容貌は、だが今は艶めかしくとろけていて、その白い手には凶悪なものを握っている。聖女にこんなことをさせているという背徳感すら、もはや情欲を加速させるスパイスでしかない。

彼女の中を少しでも長く堪能していたくて、精を吐き出したい欲求をギリギリまでこらえた。

ここで先に言い訳をしておくと、このときオーランドは自身のそれをきちんと直前で引き抜くつもりでいた。そのために、アナスタシアを制止するタイミングを慎重に見計らっていた。間違っても自分の吐き出すそれを妻の口に注ぎこもうなどとは思っていなかったし、まして飲ませようなどということは発想すらしていなかった。

まさか、オーランドの限界を察したアナスタシアが、とどめを刺すように口内の締めつけを強め、滾《たぎ》りに滾《たぎ》った茎の根元をその手で扱《しご》いたりしなければ――

閃光のように背すじを駆け抜ける熱い奔流《ほんりゅう》に、オーランドは目を見開く。

「ちょ……っ！　シアそれは――ぅあぁ……っ!!」

「んんっ！」

びゅく、びゅく、と先端から熱い飛沫《ひまつ》が弾けた。それらはすべて小さく愛らしい口の中に放たれる。それでも、アナスタシアは屹立から口を離そうとはしなかった。びくびくと収縮するそれが動きを止めて射精を終えるまで、彼女はじっとそれを咥《くわ》えつづけていた。

絶頂のあとの荒い呼吸が穏やかになるにつれて、昂っていた精神が急速に冷静さを取り戻していく。同時に訪れる、大事な聖域を汚してしまったかのような罪悪感。

どれだけ淫らな行為であっても、自分がアナスタシアにするのならかまわなかった。だが、彼女にさせるのは別だ。許されない。

そんな偏った固定観念がオーランドの中には存在していた。ある意味崇拝にも似たそれは、無垢な穢《けが》れない存在として幼い頃からアナスタシアを慈《いつく》しんできたがゆえに醸成《じょうせい》されたものである。受け入れられるのはせいぜい手淫まで。そこが境界線のはずだった。なのに、容易に快楽に流されてしまった自分の俗っぽさに落ちこみそうになる。

そもそも生身の人間であるアナスタシアにとって、永遠に穢《けが》れなき存在でいてほしいという願いは迷惑な押しつけでしかないのだが、オーランドにそのあたりの自覚はなかった。

——とにかく、出してしまったそれを急いで処理してしまわなければ。

なにかちょうどいい布地はないかと寝台の周りを見回す。もちろん、アナスタシアに精液を吐き出させるためのものだ。

しかし、男の敏感な部位に再び甘い刺激が走って、オーランドは咄嗟《とっさ》にシーツを握りしめる。

「シア……っ!?」

いまだ下半身のあたりに座りこんでいた彼女が、鎮まりかけていた陰茎に口づけしていた。さらには清めるように舐められて、オーランドはぎょっとする。口の中に吐き出されたものはどうした。

まさか、飲みこんだ、のか……？

いや、いくら今夜の彼女は様子がおかしいからといって、さすがにそれはないだろう。

ありえない現実を否定したい一心でオーランドはアナスタシアの口元を凝視する。

が、現実は、現実だった。

顔を俯かせて舌を這わせる動作は、液体を口に含んだままできるものではなかった。

しかもいたたまれないことに、精を放ったばかりのそれはまたすぐに兆《きざ》しはじめて、男なんだから仕方ないだろうと誰にともなく言い訳したくなる。

「オーランド様、ほしいの……もう、我慢できないの」

夫の寝衣をはだけさせ、股間から腹、そして胸へとキスしつつ上がってきたアナスタシアは、自身の腰をオーランドのそれに擦りつけながら、そんなことを言う。

目尻に涙を溜めて、恥ずかしさのあまりか耳まで赤く染めている。そうまでしても口にせざるを得ないほど、耐えがたい性欲に苛《さいな》まれているらしい。

その様は本当につらそうで、なにもせずにこのまま眠るというのがアナスタシアにとってかなりきつい仕打ちだということはさすがに理解できた。

抱かないという選択肢はもはや存在しえない。

オーランド自身がもう、彼女に触れてやりたい気持ちを抑えきれなくなっていた。

頭の中で侍女長に謝罪しつつ、妻の身体を抱きしめる。それは真綿でくるむような柔らかい抱擁だったが、たったそれだけの刺激でも彼女は呼吸を熱く震わせた。そして、早くもっとと言いたげに耳朶《じだ》を甘噛みしてくる。

オーランドは子供をあやすように銀の髪を撫でた。

「分かった……するから。これだけ教えて。どうしてこんな状態になっているの？」

答えは蚊の鳴くような声で返った。

「び、媚薬を飲んで……」

「媚薬……？」

およそ妻の口から出てくるとは思えない単語にオーランドは驚く。だが、目の前の彼女とその効能を鑑《かんが》みれば確かに腑《ふ》に落ちるものではあった。

「どうして、そんなものを……？」

「オーランド様を……もっと、満足させてさしあげたくて……。もっと、積極的になりたかったんです……」

こちらの反応を恐れるように、語尾がか細く震える。けれど、しがみついてくる腕の力は緩むことなく、むしろますます強まる。相当参っているようだ。

仕方がないな……

オーランドは苦笑しつつも、その実、彼女の健気すぎる言葉に密かな感動を噛み締めていた。

当然のことだが、オーランドがアナスタシアに不満をいだいたことなど一度もない。彼女がそんなふうに感じていたのは純粋に驚きだった。けれど、今夜のらしくない行動すべてが自分を想ってのものだと思えば、可愛らしいし、いじらしい。

オーランドは口元に微笑を浮かべたまま、必死さのにじむ力んだ腕を外させると、薄すぎる夜着の裾に手をかけ、さらりと引き抜いた。

下から現れたのは、淡く色づいた美しい裸体だ。予想していたとおり、下半身に下着は着けていない。一体どこまでやる気満々なんだとおかしくなるが、理由を聞いたあとでは面映《おもは》ゆくも悪い気はしなかった。

脱がされかけていた寝衣を取り去り自身も裸になったオーランドは、後ろを向かせたアナスタシアを背中から抱えこむような形で膝の上に座らせる。

己の行動が受け入れられた安堵《あんど》からなのか、彼女はまるで子猫のように肌と肌を擦りつけて甘えてきた。その背後から手を回し、両のふくらみの硬くなった先端をつまんでやれば、可愛らしい鳴き声を上げる。

いつになく敏感な反応。

焦らされきって性感が極限まで高められているのがありありと伝わってくる。

腰の曲線を確かめるように撫で上げるだけで、こぼれる吐息はよりいっそうの熱を帯び、細い腰がうずうずとうごめいた。

「ずいぶん質のいい媚薬を使ったみたいだね。一体どこで手に入れたの？」

愛撫の手は止めないままに、自身も呼吸をわずかに荒らげながらオーランドは尋ねた。

巷《ちまた》にはいろんな種類の媚薬が出回っているが、品質はピンキリだ。中には、ただいたずらに性衝動だけを強めて本能にのみ従う獣のようにしてしまう粗悪品もある。

その点、アナスタシアの飲んだ媚薬は催淫作用も適度にありつつ、感度を高める効果もあり、性交を楽しむために考えて作られたもののようだ。

貴族や王宮仕えの女性たちは育ちがいいので、こういう俗なものに詳しい人間がアナスタシアのそばにいるのは意外だった。

脚の間の秘溝に指を挿しこみ、滴るほど溢れた愛液に笑みを深めていたところで、妻があえぎ交じりに応じる。

「レナード様に……っ、相談、したときに……いただいて……っ」

「――相談？　…………へえ」

思いのほか低い声が出た。

「オーランド様……？」

急に手を止めた夫をアナスタシアが不思議そうに見上げる。その無垢な表情からして、自分の発言がどういう影響を相手に及ぼすのか、まったく自覚がないようだ。

「そう、レナード司祭がそんなものを君に、ね……」

まるで真っ白な紙に黒いインクを落とされたように、浮かれきっていた気分に暗い感情がじわりと広がる。

オーランドはゆるりと口角を引き上げて微笑むと、アナスタシアの手を捕らえ、今の今まで自分が触れていた場所へと導いた。

くちゅり、と水音を立てて二人の指が溝に沈みこむ。彼女の手がぴくりと跳ねたが、逃げることは許さない。

「自分でいじってみて、シア」

口調は穏やかだが淡々とした指示に、華奢《きゃしゃ》な肩がわずかに強ばった。

「あ、あの……ですが、私……っ」

どうしていいか分からないという彼女の困惑をオーランドは正しく汲み取った。そのうえで綺麗に無視する。

——いや、もしかすると。

分からないなんてこともないのかもしれないな、と自分の思考を訂正する。

初めての口淫で射精に至らしめるくらいには知識を得ているようだし、自慰の仕方もある程度知っていたっておかしくはない。

司祭から教わったのだろうか、などと可能性を想像するだけで胸はちりりと焦げつく。彼女の行動の背後に別の男がちらつくだけでオーランドの心は容易《たやす》く掻き乱されてしまう。

この場合は相手もよくなかった。

レナードは以前からアナスタシアに特別目をかけていて、だからオーランドは彼に対してあまり好意的になれずにいる。司祭もそんなこちらの心情を察しているだろうに、完璧に大人の対応で見過ごされているから、子供っぽい感情をもて余しているオーランドは苦手意識すら覚えていた。

戸惑うアナスタシアの姿に目を細め、あくまで穏やかな態度を崩さず告げる。

「気持ちよくなりたいんだろう？　ほら、僕も手伝ってあげるから」

ここをいじって、とすでに充血している花芽を彼女の指越しに押し潰せば、アナスタシアが高い悲鳴を上げて軽く痙攣《けいれん》する。

鋭い快感に射抜かれて陶然とする耳元で吐息交じりに囁いた。

「ね、気持ちいいだろう？　もっといい触り方を探してごらん」

「……っ」

アナスタシアはしばし躊躇していたが、自分が動かなければオーランドも動いてくれないのだと悟ると、おずおずと指を動かしはじめる。そうすれば、媚薬に侵された身体が快楽に従順になるのはあっという間だ。

花芽の表面を擦るだけの単純な動きを繰り返しながら、アナスタシアは混乱した様子で首を横に振る。

「やぁ、これ……っ、指、止まらな……っ。オーランドさまぁっ」

「うん、いいよ。すごくいい……」

自らを慰《なぐさ》める妻の痴態《ちたい》に熱い眼差しを注ぎながら、オーランドは秘孔に三本の指を挿しこんだ。思ったとおりにとろけきったそこは、ほぐす必要もなく指を受け入れて、卑猥に絡みつく。空いているほうの手で赤く勃起している乳首もいじってやると、ぐっと中の締めつけが強まった。

「指で押すだけじゃなくて、爪でかくようにしてごらん。君はそのほうが感じるはずだ」

オーランドが言い終えるや否や、アナスタシアはまたもびくんと震える。夫の指示とはいえ、あまりにも従順すぎやしないか。少々心配になるものの、今は都合がいいので黙っておく。

「あ、はぁっ……あつい、です、これっ……すごい……あぁ……っ！」

胸元で吐き出される吐息は徐々に短く浅く忙《せわ》しないものに変わっていく。敏感な芽をくりくりと摘んだり弾いたり、アナスタシアの指は己の秘所を大胆にいじり回し、ますます貪欲になっていく。

白い肌が赤みを増して汗ばみ、体内で荒れ狂う官能が頂点に近づきつつあることを伝える。焦らされた時間が長かったぶん、その波は大きく急速で、恐れをいだいた彼女の片手がオーランドの肩にしがみつく。

「オーランド様、私、どうしたら……っ？　手が、止まらなくて……なにか、出そうです……壊れちゃう……っ」

「……うん」

もっと言いようがあるだろうに、オーランドはそれ以上の言葉が出てこなかった。身悶えしてよがるアナスタシアの顔は汗と涙とでぐちゃぐちゃで、なのに快楽を追い求める様は目を逸らせぬほど淫靡《いんび》で美しい。

気づけば、吸い寄せられるように口づけていた。空気を求めて苦しげにうめく声すら耳に届かず、ただ衝動のままにその唇を貪《むさぼ》っていた。温かい口内に残る青臭い苦味が自分の精液だということも分かっていたが、今のオーランドにとっては些末《さまつ》なことだった。

ただ、もっと濃密に交わりたくて、舌を伸ばし、吸う。同時に、秘孔に挿入したままの指で容赦なく弱い部分を攻め立てた。手加減してやらなければという思考は完全に消えていた。

やがてどんどんと胸元を叩かれ、我に返る。ようやく口を離したのと同時に、抱きしめた肢体がぎゅっと張り詰めた。

「――――っ、やぁぁんっっ！」

あられもない声を部屋中に響かせて、アナスタシアが頂点を極める。がくがくと身を震わせ、オーランドの首にすがりつく。

ぷしっと液体が吹き出す音がしたのは、崩れ落ちそうな身体をオーランドが支えようとしたときだった。直後、秘所にあてがったままの手に少量の飛沫《ひまつ》がかかる。手のひらをもち上げてみれば、透明のしずくがさらさらと皮膚を伝った。

驚きと関心をもってしげしげと眺めていたオーランドがふと思い立って舐めようとしたところで、横から伸びてきた手に腕を掴まれた。

「な、なな……なにをしているのですか……!?」

絶頂の余韻もまだ引かぬだろうに、それ以上に困惑しているらしく、アナスタシアは快楽とは別の意味で顔を真っ赤にしていた。

「どんな味がするのかなと思って」

オーランドが真顔で答えると、彼女はあわあわと口を開け閉めする。それから盛大に顔を背け、消え入りそうな声で謝罪した。

「も、申し訳ありません……。漏らして……しまうなんて……」

横顔の瞳にじわっと涙が浮かぶのを目にし、オーランドはさすがに自重してシーツで手を拭った。

「違うよ、シア。これも女性が気持ちいいときに出すものなんだ。恥ずかしいことじゃない」

「……気を遣って言ってくださっているなら、大丈夫です……」

ぷるぷると赤面しているくせに、言うことが妙に潔くて、オーランドは苦笑する。

「本当のことだから。……というか、僕のほうこそ、ごめん。無理させたよね」

まさかあのくらいの嫉妬で手加減を忘れてしまうとは。己の自制心の弱さにオーランドがうなだれると、アナスタシアは焦ったように首を振った。

「た、確かに……息は、ちょっと苦しかったですけど……平気です。むしろ……」

と、そこで言葉を途切れさせたアナスタシアは、もぞもぞ、と膝の上で身をよじらせて、気まずそうな上目遣いを向ける。

「シア？」

「そ、その……まだ、媚薬が……抜けきっていないようです……ぜんぜん……」

「ぜんぜん……？」

無意味に言葉を繰り返したオーランドの脳裏には疑問符が飛び交う。

よほどの粗悪品でない限り、大抵の媚薬は一度熱を解放すれば効果が和らぐはずだ。いかに薬で増幅しようとも、もとになっているのは本人の性欲だからだ。満足すればある程度は収まる。なのに、潮を吹くほど激しく達して、媚薬が全然抜けないとはどういうことか。普段欲情することに慣れていないアナスタシアだから、効果が強めに出ただけ？　それとも分かりやすく表出していないだけで彼女の性欲は……いや、深くは考えまい。

「オーランド様……」

眼前では愛しい妻が顔を赤らめてオーランドの手が触れるのを待っている。今彼女と愛し合うこと以上に大切なことなどあるだろうか。なんせ夜は短いのだ。それは毎晩思い知っている。オーランドはふっと明るい笑みを浮かべた。そして今度は努めて優しい口調で妻に言う。

「じゃあ次は、自分で挿れてみてくれる？　シア」

夫の要望を耳にして、膝の上の彼女は瞳を瞬かせる。しかしすぐにその意味するところを理解すると、恥ずかしそうに眉を下げ、それでもおずおずと腰をもち上げた。

二人の熱い夜は、まだまだ始まったばかりだった。

翌日、王子の執務室にはまたもや侍女長の姿があった。昨日と似たような場面だが、彼女の表情が異なっている。前日はきりりと上がっていた眉が、今は残念なものを見るように水平に横たわっているのだ。

「どうやら私はオーランド様のことをみくびっていたようですね。まさかお願いしたその日の夜にあれとは……おみそれいたしました」

それが痛烈な嫌味であることは誰が聞いても明らかだろう。

オーランドはなんと言ったらいいものか頭を悩ませた。

「違うんだ……昨日は、不可抗力で」

「不可抗力でなにがどうなったら、アナスタシア様の玉のような肌に歯型がついたり、寝室の乱れ方が並大抵でなくて使用人から報告が来たりするのでしょう」

「うっ……」

証言の内容がさらにひどくなっていた。もちろんオーランドには思い当たる節しかない。

「オーランド様にはアナスタシア様への気遣いというものがないのですか？」

「あるよ、もちろん。ただ、気遣いの方向性がちょっと間違ってたんじゃないかと思う」

「方向性？」

「そう、つまり……」

と、言いかけて口ごもる。どこまで説明していいものか。

アナスタシアの熱を冷ますため、昨夜二人は何度も交わり、ほぼ徹夜に近い状態だった。

さすがに今日は仕事を休ませ、ゆっくりと寝かせてやろうと考えていたオーランドだったが、その気遣いに反してアナスタシアは今朝もいつもどおりにすっきりと目を覚ました。そしてそのまま一日を始めようとするので、オーランドは心配になって『身体は大丈夫なの？』と尋ねた。

連日夜ふかしを続けていたこともあるし、無理をして倒れてしまったらことだから、ここは大事をとって休んだほうがいいのではないか。

そう伝えたものの、アナスタシアは平然とした様子で『大丈夫です。ご心配いただく必要はありません』と答えた。

その口調に普段と変わったところはなく、顔色も、情事のあと特有の気だるさが見られる以外はさして疲労している様子も見受けられなかった。

実はつらいのを我慢して隠していたなら、倒れてしまったほうが迷惑をかけると言われた時点で素直に申し出るだろう。つまり彼女は本当に仕事に支障がないくらいには元気なのだ。

『そんなことより、オーランド様、これを』

そう言ってアナスタシアが差し出したのは桃色の液体が入った小瓶だった。

『これはもしかして……』

『昨夜飲んだ媚薬です』

『それを、どうして僕に渡すの？』

見れば小瓶の中身はまだ半分以上残っている。

オーランドが首を傾げて尋ねると、アナスタシアはもじもじとはにかんだ様子で目を伏せた。

『オーランド様のお好きなタイミングで飲ませていただけたらと……』

頬を染める彼女と、手の中の小瓶とを、オーランドは交互に見比べる。

そこで言わんとしていることを察し、顔を赤らめた。

『待って。それはちょっと……だめだろう』

確かに昨夜は、妻を心ゆくまで抱けて大変充実した夜になったわけだけれど。あんなふうに乱れたアナスタシアを見られるなら、オーランドはいつだって大歓迎ではあるけれど。

『僕がしたいからってだけで、君の身体をどうこうするような薬を飲ませるのは、ちょっと……違うと思う。それでなくても、ああいう行為は、どうしても女性の側に負担がかかるわけだし……こうも連日で、シアは平気なの？』

あまりにもアナスタシアが自分に都合のいいことばかり言うので、オーランドは懸念していたことをとうとう本人に問いただしてしまう。きっと彼女にだって、こうしてほしいああしてほしいという要望があるはずだ。それをもっと聞かせてほしい。夫婦になったのだから、少しはわがままを言ってくれたらいいのに。

しかしアナスタシアはきょとんとした顔で、瞳を瞬くだけだ。

『ええと、平気、みたいです。いろんな方に心配されるのですけれど』

それは君が頑張りすぎているから……

思わず返したくなったところで、そうじゃないのかもしれない、とふと気づく。

いかにも聖女らしい儚《はかな》げな容姿だから頼りない印象が先行しているだけで、アナスタシア自身は本当に大したこととは感じていないのかもしれない。

思えば彼女は、小さな頃から妃になるための厳しい教育にも耐えてきたわけで、ほかの令嬢より体力や丈夫さという点で秀でているというのはありうる。もちろんまだまだ力不足な面もあるけれど、アナスタシアが弱いばかりの女性ではないということは、オーランドだって叙任《じょにん》式のときに気づかされたではないか。

つまり、彼女は、見た目や肩書きどおりの純粋無垢なだけの人ではなく——

『だから、その』

オーランドの思考を遮って、アナスタシアが言葉をつなぐ。

『媚薬は、オーランド様がもっていていてください。オーランド様がその気じゃないときに、私が飲んでしまうと、困るでしょう……？』

赤い瞳がわずかな躊躇《ためら》いと期待を込めて、こちらを見上げる。

そこに、ほのかに色めいたものを感じ、オーランドは息を呑んだ。

『そういうことなら、受け取る……けど、僕からは使わないよ。君が使いたくなったら、言って……？』

『はい……分かりました』

こくりと頷くアナスタシアの頬は、薔薇色に染まっている。

どうやら彼女にとっても、媚薬のもたらした一夜は悪いものではなかったらしい。

おそらく、たぶん、引き出しにしまわれたこの媚薬がそのまま忘れ去られるということはないだろう。むしろ、次の出番は早々にやってくるかもしれない。

純粋無垢なだけではなくて、アナスタシアは人間的な欲求もきちんともち合わせているし、その方向は喜ばしいことにオーランドのそれと一致している、らしい。

その後、妙に豊かだった彼女の性知識がどこから来たのかを知らされ、教会に全面的に後押しされている自分たちの夜の営みに微妙な居心地の悪さを感じながらも、オーランドの舞い上がった心はしばらく落ち着かなかった。

とはいえ、無垢な妻が性的に目覚めつつあることを吹聴《ふいちょう》するような真似もしたくなかったので、オーランドはマリアにこう告げるにとどめた。

「つまり、世の中の夫婦にはそれぞれ適切な頻度と回数があるんだよ。僕らはまだそれを探っている最中なんだ。だから、もう少し長い目で見守っていてほしい」

遠回しな表現に、予想どおりマリアは疑わしげな眼差しを向けてくる。アナスタシアを心底案じている彼女の立場からすれば当然の反応だと思う。

けれども、オーランドからはそれ以上の詳細を口にすることもできない。よって――

「痕をつけるのは、ドレスに隠れる場所だけにするから……」

と、弱々しくつけ足し、侍女長にはどうにか納得してもらうほかなかった。

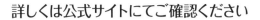

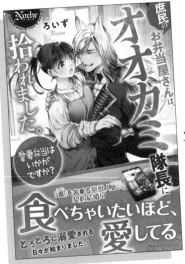

この作品に対する皆様のご意見・ご感想をお待ちしております。

おハガキ・お手紙は以下の宛先にお送りください。

【宛先】

〒150-6008 東京都渋谷区恵比寿4-20-3 恵比寿ｶﾞｰﾃﾞﾝﾌﾟﾚｲｽﾀﾜｰ８F
（株）アルファポリス　書籍感想係

メールフォームでのご意見・ご感想は右のＱＲコードから、
あるいは以下のワードで検索をかけてください。

アルファポリス　書籍の感想　検索

ご感想はこちらから

本書は、「アルファポリス」（https://www.alphapolis.co.jp/）に掲載されていたものを、
改稿のうえ、書籍化したものです。

金《きん》と銀《ぎん》の婚礼《こんれい》　～臆病《おくびょう》な聖女《せいじょ》と初恋《はつこい》の王子様《おうじさま》～

むつき紫乃（むつき しの）

2021年 8月 31日初版発行

編集－堀内杏都
編集長－倉持真理
発行者－梶本雄介
発行所－株式会社アルファポリス
〒150-6008 東京都渋谷区恵比寿4-20-3 恵比寿ｶﾞｰﾃﾞﾝﾌﾟﾚｲｽﾀﾜｰ8F
TEL 03-6277-1601（営業） 03-6277-1602（編集）
URL https://www.alphapolis.co.jp/
発売元－株式会社星雲社（共同出版社・流通責任出版社）
〒112-0005 東京都文京区水道1-3-30
TEL 03-3868-3275
装丁・本文イラスト－KRN
装丁デザイン－AFTERGLOW
（レーベルフォーマットデザイン―ansyyqdesign）
印刷－中央精版印刷株式会社

価格はカバーに表示されてあります。

落丁乱丁の場合はアルファポリスまでご連絡ください。

送料は小社負担でお取り替えします。


ISBN978-4-434-29260-6 C0093